二つの落日

朝賀たか

文芸社

目次

二つの落日

内地編

外地編

歌集 **命存えて**

題字　書　家　違道　半墨（要）
表紙・カット　二科会審査員　橋本太久磨

二つの落日

内地編

束の間の交信

当時熊野《ゆや》は中部軍直轄の航空情報隊楠隊に勤務していた。部隊長は間大佐と言い、中隊長は奥山中尉であった。日夜の勤務と訓練は厳しく、加えて板戸一枚隔てた兵舎からは、何事によらず「女子は遅いぞ」と怒鳴られながら、朝毎の軍人勅諭を唱和していた。

一、軍人は忠節を尽くすを本分とすべし
一、軍人は礼儀を正しくすべし
一、軍人は武勇を尚ぶべし
一、軍人は信義を重んずべし
一、軍人は質素を旨とすべし

女子軍属の身分で軍人勅諭の唱和など可笑しいのだが、ここ軍隊では疑問を挟むことなど許されない特別な世界だ。そんなある日同僚が近づいてきて囁いた。

「なぁ尾崎さん、ちょっと頼みたいんや」

「あかん、あかん、うちはなぁ融通きかん性分やから頼まれ事はあかんわ」

「そんなこと云わんとお願いやから、炊事当番代わってえな……今日は炊事の班長は牧山上等兵なんよ、うちはあの人こわいんや、なんや知らんがすぐ怒りはるよってな」

「すぐ怒るからってなんで私が行かんならんの、うちも炊事はあんまり好きやないわ」

「先日も牧山さんが、長井さんの言葉がたりないと怒って、食罐を五十メートル先まで蹴とばしたんやてなぁ（赤紙の俺たちに飯を炊かせて、平気で食らいやがって）……」と。

「牧山班長も三度目の招集やからねぇ。いらいらもむりないのよ。あまり悪く言うても可哀相や」

と、文句を言いながらも交代してやった。人の嫌がる炊事当番もあっさり交代してやるほど今日の熊野は心が和んでいた。それは今夜の勤務場所の相手は猪山上等兵だったからか。

勤務場所で三週間に一度位、有線で声を聞くだけの人だが、三週間が待ち遠しく勤務日程を組んで、何日の何時から同じ勤務につくか、たえず計算していた。この勤務場所は防空庁舎と呼ばれ、どんな大型爆弾が落ちようが平気だと上層部は言っていた。地下室は上級将校といわれる佐官級の参謀などがずらりと並ぶ参謀室をはじめ作戦室、指揮班等、軍の首脳がつめていた。したがって電波探知機、無線、有線から、あらゆる情報が入りまた流されていた。私語は厳しく禁じられていたが、駄目だといわれるとなんとか網の目をくぐってみたくなるのが人情である。

二十一時勤務上番し（由良要塞、舞鶴要塞）と表示されている場所に腰かけた。チラッと一段高い指揮台に目をやると、川北軍曹は全神経を集中させて室内をながめている。熊野は静かに電盤の鍵を倒した。

「由良、由良要塞、舞鶴、舞鶴要塞、こちら楠隊、ただいま勤務員交代。同時点検を行います。感度いかが、明度いかが？　応答ねがいます」

「ハイ。こちら由良要塞、感、明、ともに良好、勤務上番者福井上等兵」

「ハイ。こちら舞鶴要塞、感、明、ともに良好、勤務上番者猪山上等兵」

「点検終わります。勤務上番者尾崎、了解なりや」

「由良了解、福井上等兵」そして目の前の赤い表示灯がきえた。

「舞鶴了解、こちら猪山上等兵、御苦労様です」ああ、熊野《ゆや》はいつものこの声に酔うのだ。熊野が電鍵を切ろうとしたとき舞鶴から突然に、

「尾崎さん」と呼びかけてきたが、その声は切羽詰まって聞こえた。今までお互いに固有名詞で呼ぶことはなかったのでハッと胸をつかれた。心なしか班長川北軍曹がこちらに、注目したように感じ
「指揮台警戒警報」とひくく答えて電鍵を切った。

　しばらくして班長は下本兵長に〝仮眠用意〟と伝声した。熊野は二つの要塞を呼び出し、二十三時から二時間の仮眠に入るからと、代替者の受信を伝え、仮眠に入ったがなかなか寝つけず、目の隅を黒い獣がはしり嫌な予感がしていた。

　二時間の仮眠時間がねむらないままに過ぎ、ブランコのような寝袋から這い出して指揮台をみた。班長に代わって下本兵長がねむそうな顔で座っていた。熊野はすぐにレシーバをつけて舞鶴要塞をよびだした。

「ハイ。舞要、あっ猪山上等兵です。実は編成替えがあります。二、三日のうちに移動します。たぶん波切ではないかと思うのですが」

「えっ波切《なきり》ですか？　防空監視隊ですねぇ」

「自分もそう思います。しかしどこであろうが自分たちは、一銭五厘の赤紙だから……」

「上等兵殿」と熊野は強く遮った。それ以上口に出してはいけないのだと心で叫んだ。一瞬の沈黙がながれて、猪山上等兵のかすれた声がきこえた。

「一度だけお会いしたいと思っていたのですが、しかしお会いする機会は永久に失われて残念です。自分は何日の勤務で会えるか、楽しみにしていたのですが……」

熊野の頭は混乱して、あせればあせる程言葉が出てこなかった。この交信を参謀室や、指揮台で傍受されたら大変なことになると、ただおそろしかった。

「上等兵殿、身体に気をつけて……お国のために……武運長久祈ります」

「戦争が勝利に終わったら、一年後に大坂城の桜が見たいですね」

この月並みな言葉以外に、その時の二人にどんな言葉があっただろうか……。それは束の間の交信であった。それから間もなく熊野も北支軍に移り、その後五十年猪山上等兵の消息を聞くことはない。

ある夜の非常呼集

山里丸跡　旧情報隊の碑（著者撮影）

桐一葉おちて天下の秋を知ると、今に伝わる山里丸跡に、桐は美しい紫の花を咲かせていた。淀君、秀頼母子の自刃の場所である。その一本の桐の木に背をもたせつつ、熊野《ゆや》は遠くを見るような目をしていた。熊野が何かを思案するときの表情である。ふっと前方五十メートル位の所にある板塀の、くぐり戸があいて一班の班長である金地軍曹が出てきて、女子宿舎の方に歩いて来る。

〝そうだ、一応金地軍曹に相談しようか〟と咄嗟に早駆けの形で班長の前に立って、

「班長殿お願いがあります」と云った。金地軍曹は下士官のなかでも体が大きく、遠くからでも一際目立つ存在だったが、童顔でいつも笑っているような感じだったから、女子の間では〝金ちゃん〟と呼ばれていた。

「おぉ尾崎かおどかすなよ、公用か？　公用なら後で事務所の方へ来い、こんな所で立ち話していると準尉殿がうるさいんだよ」

「公用ですがあまりいろいろな人に聞かれるのは困るのです。三分でいいのですから、このままで聞いて下さい。班長殿は岡安少尉殿の噂をお聞きになりませんか」

「いや、知らぬ、岡安少尉殿がどうかしたの？」

熊野は三ヶ月程前に少尉に任官した岡安少尉の事で、女子が困っていることを手短に話して、班長

殿のお考えで善処してほしいと丁重に頼んだが、班長は困惑の態であった。
四、五日して熊野は井関久子と使役（勤務以外の雑用）の風呂当番になった。
「なぁ尾崎さん、何とかせなあかんなぁ」と久子は物見の城壁の上から声をかけながらトントンと七、八段おり、熊野の隣に腰を下ろして風呂釜に木端《こっぱ》をくべた。

「何とかせなあかんとは、何の話なの」熊野がとぼけると、久子はファッと笑った。井関久子の考えていることが何であるか、おおよその見当はついていた。ついていると云うよりもわかっていた。二人は並んで焚口の前に腰をおろした。

「班長殿から連絡はないの」久子の問いに答えず、熊野は時々目のあたりに皺をよせながら、煙そうな顔で一点をみつめた。遠く一点を見る時は思案するときの癖だと、久子は知っているのでそれ以上は聞かなかった。突然風呂の中から、

「すこしぬるいですよ、どんどん燃して……」と声がかかると、

「あぁええわよ、いま燻っているけど燃え上がると、びっくりする程に熱うなるからもう少し待って」と己が心にいい聞かせるようにしながらも、熊野の気持ちは沈んでいた。じっと火を見つめていた久子は、沈黙に耐えかねたように、

「どの位の罪になるんやろうな」

「井関さんよう考えんとあかんえ、面白半分でやる事と違うからなぁ、女子軍属の中からつまらん事

で、犠牲者出したらあかんのよ……ね、わかるでしょう。みんなワイワイガヤガヤいうてはるけど、どれだけ自分自身が責任をもって、上官にたいして答弁ができるか？　深う考えてなぁ」

「そやかてなぁ、もうみんな気が落ち着かんいうて大変なんや、このままでは睡眠不足になって勤務なんか出来へん云うてるわ」

「しかし毎晩、毎晩少尉殿が内務班に入ってくるわけでなし、考えんとあかんわ……」

女子は三日目に一度深夜勤務があるので、二晩つづけて宿舎で寝ることになっていたが、任官した岡安少尉は週番将校になると、用事もないのにヅカヅカと宿舎に入ってくる。入って来ると必ず、私物箱の戸があいていたとか……藁布団の並べ方が悪いとか、靴の脱ぎかたが乱れていたとか……そのあげく本人を呼んでお説教をした。

しかし一番自分たちが嫌でたまらなかったのは、真夜中の巡察である。男子だけの軍隊に女子が一班から四班まで、百六十名程居住していたので、軍規と監視の目はきびしい。各班長は軍曹であったが、班長といえども公用以外は女子宿舎に来なかった。女子の化粧は勿論許可にならなかったし、隣の兵舎に聞こえるような大声はいけないと注意された。女子の声は兵の気を散らせて軍務に精励できないとの理由だった。したがって女子は公用腕章を巻いて営庭を通る兵隊を、遠くから眺めているだけだった。

兵隊と話ができるのは〝飯上げ〟とよばれる食事の受取りとか〝甘味品受領〟といって週一度くら

い酒保の饅頭が配られる時だけであったが、それも使役という当番制になっていた。その抑圧された軍規に反発する人も中にはいたが、一様に言えることは、この国家の非常時を〝我々若人が守らねば誰が守るのだ〟という若い情熱を持っていた。それは教育の是非ではなく、祖国を持つ者の純粋な心でした。

熊野は一期生と呼ばれる人たちと、それとなく善後策を話し合ったが、いい考えのないままに日は過ぎてゆく。金地軍曹がそれとなく少尉に、昼間だけの巡回にしてほしいと話してくれたが「任務だ」と蹴られたらしい。村井桜子は声をあらげて、

「教官殿（少尉）でも女子の内務班には入らへんのに、岡安少尉は職権の乱用や、先日も楠本さんが制服の着替えのため、シミーズ一枚になったところに、ヅカヅカと入ってきたんだって、将校の長靴は遠くから音が聞こえるのに、泥棒猫のように入ってきた」という。「おおいやらしい」「ぞっとする」と皆は口々にまくしたてた。

そのころ上官が使う言葉に、「各々が困ることや、または改革したいと思う事があれば班長を通じて意見具申せよ、上層部はより良く考慮する」という。しかし実際には意見具申などは、いたずらに班長を困らせるだけ、と知っているから申し出る者はいない。

「夜中など、他の将校は入口から〝異状ないか〟と懐中電灯の光を足元に向けて声をかけるのに、あの少尉はわざわざ入ってきて、一人一人に電灯むけてなぁ、いやらしい」

「ほんとやなぁ、なんとかせなあかんなぁ、睡眠不足になるわ」

「あの少尉、少し頭がおかしいん違う？　一度手荒くどづいたらなあかんなぁ」

村井桜子は名前に似合わぬきつい口調で言った。熊野は厳しく切り返した。

「上官侮辱罪は重いのよ、営倉などに入ってごらん、親が泣くわよ。私はねぇ親は絶対に泣かせたくないのよ、それに二期以降の御娘《おこ》達を巻き込みたくないの……もし巻き込む様な事になれば、内務班に少尉が入ってくるから可哀相だという以上に、かわいそうな事になるかも知れへんのよ」

熊野の意見に同調する者もいて、二人の間に気まずい空気がながれた。その頃一期生は平均二十歳、一期生が〝若い御娘〟と呼んでいるのは、この春に高女を卒業する予定者も含めて十八歳である。この二歳弱の年齢の差は一期生に大きい責任の様なものを感じさせて、二期生以降を巻き込まぬ様にと、皆は互いに心を配っていた。

「とにかく勤務以外に使役が山ほどあるのだから、内務班に戻った時だけが心身ともに少し休まる時でしょう。その内務班にヅカヅカ入って来られてはたまらんわ」

「それはうちも同感や、しかしはじめから事を荒立てることはあらへん。〝内務班は江戸城の大奥〟と分かってもらえばええし、非常手段は最後よ」熊野は強く言い切った。

（男女七歳にして席を同じうすべからず）と、いわれた時代に育った者にとっては、自分達の寝姿を男性に見られるのははずかしいというよりも恐怖であった。

当時軍では敷布団は藁布団であったが、新しいうちはよいが古くなると、クタクタして一人では持ち上がらない。二人で一、二、三、と掛け声をかけて、蟹の横這いの様にして走り、目的の場所の近くでドンとなげだし、またかけ戻って上掛毛布を規定の数だけ抱えて走り、二人で両端を持ち左右と足の方をたたみ込むのである。隊員は状袋と呼んでいたが、きちんと折り込んでしまうと、自分が足の方からもぐり込む時にきゅうくつだし、寝返りにも困った。

軍用毛布と呼ばれた物は寸法も揃っていたが、物資の不足とともに民間からの献納毛布があり、寸法の違った物をいかに上手に組み合わせるか、一つの技術であった。若い娘が「寝床用意」の声で一斉に藁布団を抱えて走る様は、この上なくおかしいのだが、笑ってなどはいられない。五分以内に作業を終えるのだから大変。重さは八十キロ以上はあった。

だがもっと大変なのは朝であった。兵隊と同時刻に起きて兵隊と同時に朝の点呼があるので、男子はイガグリ頭だからいいが女子には毛髪がある。お化粧は御法度でも、頭の毛のみだれは恥ずかしいから、ポケットに忍ばせてある櫛をそっとだして、毛布のなかで梳かす。だが頭を少し上げてみると、どの毛布もかすかに動いていて涙ぐましい努力であった。

そのうえ一斉に起きると便所や洗面所が満員になるから、二、三人ずつ無言で起きて音を忍ばせて真暗な中を便所に行き、そしてまた状袋の中にすべりこんだ。女子は便所を〝ごふ〟と呼んでいたが御不浄の略であろう。しかし洗面は水の音がするので、起床の合図がないと絶対にできなかった。

それ程までの涙ぐましい努力をしても、点呼時の整列は兵隊より一、二分はおそくなる。

「第何班、総員何名、事故何名……」と上官に報告する班長に〝女子は遅いぞ〟と叱責が飛んだ。〝一時間も前から宿舎が、ザワザワしているが何をしてるか〟とか、〝兵隊の気が落ちつかんぞ〟と怒られる班長も気の毒であった。とくに岡安少尉の週番とか日直の時がうるさかった。

入隊当時から仲良しであった中田千鶴は、編成替えで三班にいたが、熊野は千鶴に会いたかった。府立の出身であったが頭の回転が早く、物事を冷静に判断する一方、アレッと思うほど茶目っ気もあった。午前の勤務を下番した熊野は、深夜勤務予定の千鶴を探した。今日午後に会わねばまた数日が飛んでしまうので心が急く。城壁の一隅に藤棚があり千鶴はそこが好きらしく、暇をみつけては藤棚の下で本をよんでいた。

「ああやっぱり此処ね」

「あぁ、うちらなぁ今日はえらいしんどいねん、朝から濠掘りや」

「そう、それはえらかったなぁ、（トーチカ）なの」

「いゃちがう、タコツボや」

「タコツボなんか掘ってどないするんやろ？　おえらい人の考えはわからんなぁ」

「ほんまになぁ支那大陸とちがうんよ、機関銃のように前から弾が飛んでくるのと違うのになぁ、我々の敵さんは頭の上に五十トン爆弾を落とすかも知れんのに？　タコツボじゃしょうないいなぁ」

千鶴は笑いながら、ここは目立つから本丸の藤棚の方に行こうと、先に立ってあるいたがその途中、天守閣の真下にある道場と呼ぶ建物から、銃剣術の激しい気合がきこえた。

熊野が何も話をしないのに、千鶴は切り込む様に、

「なぁ桜子はアネゴだから、あまり競い合わんほうがええよ。真面目五分、茶目っ気五分位のところね、このころは薙刀の稽古もないけれど真夜中にね、〃曲者でござります、お女中がたお出合い召されー〃とかはどうやろうなぁ」

「さすがは中部軍直属の情報隊、情報が流れるの早いなぁ」

「自分たちの情報の速さと正確さを知ったら、参謀達は喜ぶやろうなぁ」

とりとめのない事をいいながら、二人はそれぞれの胸の中にあるものを模索していた。

「桜子は貴女に一目おいているんよ、性格が強いから他の人のいうことは、なかなか聞かへんけど貴女のいうことは、文句をいいながらも聞いて待っているんや、それだけに下手なこと出来へんよ」

「うんわかってる、だが考えてみるとなんで私がこんな事を、引き受ける様になるのか、不思議でしょうないわ。私はいつも何かあると、自分で好むと好まざるとにかかわらず、知らないうちに巻き込まれてしまうの、阿呆らしいてしょうない」

「そこのところが貴女のええところやし、またちょっと阿呆なとこやなぁ」

「好かんなぁ阿呆なとこ、とはきびしいやないの」

「あっ、いけない、後宮《うしろく》閣下だ。早く行こう、顔がみえると敬礼せんならんから……」

「あぁわかった。おうちのその変わり身の早さが、事に巻き込まれない方法ね」

「なにいうてんの阿呆やなぁ」

「アホ、アホいわんといて、ほんまに阿呆になるわ」

二人は顔を見合わせて目の中で笑った。歩調をゆるめながら千鶴は、

「言うか言わないか迷ったけど、やっぱりおうちには言うとくわ。うちは中部軍をやめる心算や」

「やめる?」一瞬熊野は立ち止まり、先程の目の中での笑いは消え厳しく見つめ合った。

「馬鹿な」軍隊口調ではげしくさえぎりながら、

「軍がわれわれ熟練要員をやめさせるわけがないでしょう。第一どこに行っても苦しさ、厳しさ辛さは同じなのよ、無理に理由つけて辞めてみても、この非常時に楽な所なんかどこにもないのよ、みんな耐えているのよやめてごらん、十日もしないうちに徴用令の白紙がくるよ、貴女の様な頭のええ人の考える事と違うわ」

熊野は自分でも何をしゃべっているのか分からない程に、頭に血がのぼり必死になって千鶴の口を封じた。それは熊野自身の胸の中にあるものを、千鶴に先に言われたからかも知れなかった。〝やめられるのなら私もやめたいのよ〟と熊野は大声でどなりたかった。そして二人は向き合ってポロポロと涙をながした。

数日後桜子は「おもしろいことになるなぁ、尾崎さんうちにまかせといてや、うまくやるよってな」とはしゃいでいた。熊野は桜子が騒ぐほど気持ちは反対に沈んでいった。

今夜の寝床は一期生が全員入口近くにとること、二期生以降はなるべく奥の方に寝て夜中に声がかかるとも、起きてはいけないと厳しく言いわたした。一期生の気配に押されてただ黙々として、なかには心配そうに落ち着きをなくしている人もいる。

「大丈夫よ、心配する様なことにはならへんから、安心して寝てて」と熊野は口の中でつぶやいた。

当番の寝床用意の号令で、一斉に皆が動きはじめたが、一期生は全員規定どおりの状袋にはしなかった。

藁布団の上に毛布を二枚だけ上から掛けただけである。寝床に横になってからもみんな静まり返って自分たちの吐く息、吸う息だけが聞こえる様な息苦しさであった。二期以降はみな頭のてっぺんまで、毛布の中にもぐり込んで、身体を固くしている様であった。

○時過ぎコツコツと固い軍靴の音と共に、懐中電灯の光がゆれて、将校が戸を開けて一足ふみ込んだ。いや入ろうと「異状ないか?」の声を、かけたか掛けないかのその瞬間、一番入口に寝ていた桜子が、パーッと足を上げて将校の足を払った。「何をするか?」と将校の怒声がした様であったがそれより○秒はやく、

「非常呼集」と叫ぶ熊野の声に「泥棒」と毛布をつかんで立ち上がった一期生は、毛布ごと少尉の上

に折り重なった。それは電灯もつけない暗闇の中で、一瞬見事に事は運んだ。

数十秒の後「あっ、少尉殿申し訳ありません」「寝惚けて失礼しました」「びっくりして間違えました」「ビンタ下さい」と口ぐちに言いながら、井関久子、丸本ふみ子、その他三、四名が一列に並ぶのをしり目に「馬鹿者」と怒声をのこして少尉は去った。

女子隊員に布団蒸しにされましたと、上官に報告出来なかったのであろうか、何事もなかった様なあかるい朝の点呼で、「総員四十二名事故なし」と報告する金地軍曹の声が一際おおきく響きわたった。その後女子隊員は〝ゴメンナサイ少尉殿〟と心で詫びつつ礼をつくした。

外地編

水色の蝶が舞う

六月の太陽がジリジリと照りつけて、今日一日の暑さを思わせる大陸の朝であった。六時起床、点呼の後で三々五々離合しながら、

「ほらほら赴快的《カンクワイデ》よ、急がないと准尉殿に気合入れられるよ……」

ガヤガヤいいながら下士官、兵とともに男子軍属、女子軍属も思い思いに宿舎前の庭に立った。

この頃将兵は勿論のこと私達男女の軍属も、いちように気が滅入っていた。国の興廃をかけるといわれた沖縄戦で、全面敗退して以来ある種の危惧を抱いていたからである。本土決戦、本土防衛という言葉がささやかれ、人選にあたっての種々の憶測も流れ、お互いに不安な状態であった。

事実本土防衛のために内地転送になる兵も目立って多くなり、出発を見送った二、三日の後に輸送船の沈没をしばしば聞いた。それにつれ女子軍属の日本に帰る望みは、日一日と失われていったのである。兵隊が少なくなればわれわれ女子軍属も、〝自分の生命は自分で守る〟ことを必然的に要求されて、体力作りの体操が毎朝強制されていた。ほぼ人員が揃った頃に、田上准尉が大股で歩いてきた。

「おぉみんな揃ったか、あぁ敬礼はいらんぞ……今日も暑そうだが元気でいこう」

と声をかけながら腰の軍刀をはずして、傍らのアカシヤの木の根元に立てかけた。

田上准尉は私にとって割合に気楽な上官であった。階級が低いからということではない。年齢は三

十五、六歳位であろうか、当時の私にとってひとまわり以上も年上の上官は、上官というよりはむしろ、父のような感じの存在であった。
私が中部軍より北支軍に移って、最初に「申告致します」と直立不動の姿勢で准尉殿の前に立つと
「あぁ俺にたいする敬礼はいらんぞ……休めの姿勢でいいから聞いてくれ。遠い所御苦労であった。俺は人事係りだがいろいろと上官とも相談の結果、お前は内地でも情報隊の勤務だったし字も比較的にきれいだから、情報隊に配属する事に決まった」

「ハイッ」

「隊長殿は吉田少佐殿……実砲（幼年学校から士官学校を経た生粋の軍人の意）だ。がんばってやってくれ」と、てきぱきと指示した。

公の指示が終わると、人の良さそうな笑顔をみせて、

「若い女の子が国を離れて遠く迄よう来たのう……。隊長殿には俺からもよく頼んでおくから、二、三日休養してから勤務についてくれ。その間親元にだけは軍事郵便を出しておけよ……親御は心配しとるじゃろうから……」

私は不覚にも涙がこぼれた。その時から准尉殿にたいして心が許せる様な、信頼感を持っていた。

しかしこの生字引のような准尉を煙たがる〝若手〟と呼ばれる将校もいた。特に西山少尉は〝甲幹〟と呼ばれる短期の将校養成によって、少尉に任官したがどのような理由からか、田上准尉殿を目の上

の瘤にして厭味をいうと定評があった。

「おい山形軍曹号令をかけろ、天突き体操からだ」どういうわけか准尉殿の体操はいつも天突き体操からである。天突き体操とは足を横に半開きにして手を後ろに組み腰をおとして〝天突き用意〟の号令ではじまった。

つまり腰に重点をおいて、両手で天を突き上げるのである。その外にも地球回しとか、いろいろやったが号令はいつも「ヨイショ、ヨイショ」であった。

事件はこの体操の直後に起きた。おりしも週番のたすきを掛けた西山少尉殿が、腰の軍刀を手ににぎる様にして歩いて来た。私はその時なぜか背中が凍るような、嫌な予感におそわれた。

「おい田上准尉、体操は終わったのか？　何、終わりました……そうか、あれを体操というのか？　体操とはなぁもっと気合を入れてやるもんだ」

田上准尉は黙っていた。

「あんな盆踊りのまねごとのような体操など、明日からやめた方がいいぞ」

「……」

「勿論女子軍属の人気とりに〝おなご〟と一緒に踊るというのなら話は別だが……」

「号令をかけたのは自分であります」

山形軍曹は顔を引きつらせて言った。

「貴様にいっとるんじゃあない」

くるりと踵をかえして少尉殿が立ち去ろうとした。その時、

「待てっ、西山少尉」

叫びながら、准尉殿は木の根元に立て掛けてあった軍刀をつかんだ。

「いけない！　准尉殿！」

私は大声で叫んだつもりであったが声にはならなかった。

「何だ貴様っ」と振り向く少尉に、

「俺も男だ！　女子《おなご》の人気取りとは聞きずてならぬ。どういう気持ちでいわれたか？　もう一度いわれよ」

これはまさに昭和の松の廊下である。

この時私の脳裏にはいつかお芝居で見た、浅野内匠頭の美しい水色の衣装と、吉良上野介の黒い衣装が松の廊下に乱れとんだ。一瞬、水色の衣装は小さな蝶になって、ヒラヒラと目の前を舞い上がり、私はその蝶に二、三歩近付き、手をさしのべて捕まえようとしたが、そのまま気を失って倒れた。

准尉殿の軍刀の切っ先は、西山少尉殿の右肩から背中に流れたが傷は浅かった。そして准尉殿に待っていたものは〝軍法会議〟であった。女子軍属も減刑嘆願書を差し出したが敗戦となり、その裁判の結末を聞くことはない。

私は今も夏の暑い日に水色の蝶が舞うのを見ることがある。

恋に生きなん

暮れなずむ北京の街を、バスは我々十二名のツアー客を乗せて、夕食予定のレストランに急いでいた。時々ブァーというような、変な警笛を鳴らしながら。

私はなんとなく重く、もやもやした頭を上げて、中国人の孫添乗員に尋ねた。

「孫さん、私ねぇちょっと方角がよく分からないんだけど、このあたりは紫禁城からみてどの方向」

「ソウテスネ、故宮博物院テスト西北テスネ、バスハ北海公園《ホッカイ》ニ向ッテイマス」

「そんな公園できたんですか?」

そんな会話をしながらも、私は窓外の景色から目を離さなかった。岸辺に植えられた柳は大きく水面に影を落とし、中秋の風にさゆらいで、遠い遠い日に私の思いを運ぶ。

突然、右手に中の島が見えて、その中央にある白塔の先端が、美しく輝いていた。

「あっ、孫さん、貴男なにを言っているの?　先程から〝北海公園、北海公園〟と言っていたけどここは〝北海《ペーハイ》〟じゃないの」と私は叫んだ。

「ソウテス中国テハ北海《ペーハイ》トイイマス。日本ノ人ニ説明スルトキハ日本読ミテ北海《ホッカイ》トイイマス」

「駄目です、そんな説明おかしいわ。どうして北海《ペーハイ》を北海《ペーハイ》と言わないの」

「タケト今マテ敦煌《トンコウ》、西安《セイアン》、ミンナ日本読ミシタ。タケト貴女オコラナカッタ。尾崎サン、チョットツカレタネ」

孫添乗員はやさしい目をして笑った。そのやさしい目の色を見ながら私の脳裏に走馬灯のように数々の思い出がかけめぐった。


ガラス窓から、身体に直接つたわる寒気に、私は思わず「おぉ痛い」と肩を両手でかかえた。窓にぴったりと押しつけて、敷いてある藁布団の中まで、北京の二月初めの冷気は、突き刺さるように感じられる。

この宿舎の部屋は、十坪たらずの広さの中をコの字形にして、真ん中に三坪程の靴脱ぎをとり、その両側には蟻の這いでる隙間もないほどに、藁布団が敷かれている。

その中でこの一枚だけが、私の城であった。勤務以外の寝起きのすべての用事をたす場所であり、また身の回りの品の置き場所でもあった。

(ご不浄に行きたい)と、うとうとしながら思うが、寒くて起きられない。さりとて起きねば生理的現象はどうにもならず、下腹部に手を当てて(あぁこまった)と呟く。

すばやく聞きつけたらしく、隣の藁布団から正子が、

「阿呆やなぁ早よ行き」と言った。

「起きるとなぁ、あと身体が凍えて寝られへんからね」

「うーん」

と言うが早いか、入り口の藁布団の中から「夜中の私語はうるさいっ」と声が飛んだ。（畜生奴、あの小孩《ショーハイ》）とカーッとしたが、この時間では怒るわけにもいかず、私は黙って起き上がり部屋をでた。厠の臭気ぬきの小さな無双窓から見る北京の空に、上弦の月は研ぎすまされた鎌のように、冷たく光り私の目に涙がにじんだ。

無灯火の部屋でも、闇に慣れた目に自分の城ははっきり見える。私はすーっと藁布団にもぐり込み、背を丸め膝をかかえ眠ろうとしたが、身体の冷えよりもむしろ（畜生、あの小孩）と思う心が、私を眠らせない。

六時、重い頭のまま起き上がり、隣を見ると正子は少し口をへの字に曲げて、「ほっときゃ」と一言った。

私は不機嫌に黙ったままで、洗面所に行くと、正子がすぐに追っ掛けてきて、

「あの子も淋しいんやろ」

「ふーん、淋しければこの私につっ掛かってもいいの」

「いやぁそういう訳やないけど」

「まあいいわ、朝の忙しい最中にそんな話は鬱陶しい」

私は話を打ち切るように、強い口調で言うと、正子は黙った。

小孩（こども）と、皆から呼ばれていた竹本秀子は、どのような事情で北支那に来たのか知らないが、十六、十七歳位で身分は〝筆生〟であった。もう一人男の子で同じ年頃の子がいた。イガグリ頭でクリクリした目がとても可愛く、「くりちゃん」と愛称で呼ばれていたが、身分としては同じく〝筆生〟であった。

私などは〝筆生〟というと、武家時代の祐筆を連想してしまうから、筆生と言う言葉そのものが不思議に思えた。私のように初めから特別な訓練を受けて、部隊に配属された者には、司令部の仕組みがよくわからない。あるとき正子に、

「あの小孩は司令部で何してるの」

「何してるって？　そうやなぁ子供やからね、使い走りとか、お茶くみとか……」

「うーん、だれの使い走り？」

「うちもよう知らんけど、あの子は副官部やから、高級副官なんかやないの」

「だって高級副官には、当番兵がいるやないの？　司令部はずいぶん贅沢やねぇ」

たとえ小孩であろうと、いつか機会をつかんで、ガーンと一発噛ませておかないと癖になると、その折りを待ったが、秀子の方も私をさけて、顔を合わせないようにしている。

内務班（部屋）では、消灯近くまでお互いに忙しく、その上司令部で最古参だと言われている中田梅代の袖の下にかくれているので、なかなかその機会がない。

「あの小孩にかまうのはやめとき……中田さんが〔うちにまかしとき〕と、いう感じで構えているようだし、你《ニー》と中田さんが鉢合わせたら、この内務班の皆が困るやないの……」

正子はさかんに心配した。

中田さんが構えていようがいまいが、私にとってそんな事は、問題ではなかった。

「うちはなぁ、内務班が割れようがどうしようが、そんなことはちっとも困らへんわ、第一あの中田自体が気に食わんわ、あの人はねぇ何を思っているのか、私を外様あつかいにしてるんだ」

私は自分自身の感情の昂りを、抑えることができず、

「そうだ中田には言いたいことがあるわ」と言い放って、正子の心配顔を横目に食事もとらず、足音を荒らげて内務班に入った。

三十分程して正子は、肩を竦めるようにしながら傍により、

「さっきは起きぬけにごめんやで……言わんでいい事いうて、你を怒らしてしもうてかんにんな」

「別にな、你に怒っているわけやないけど、一度はあの中田さんも含めて、皆に言わんならん事もあるし、そのうちに機会をみて決着をつけるわ」

ながい軍隊生活のなかで、自分の機嫌の悪いときは、同僚をよびすてにすることが多くなった。

正子はいつの間に作ったのか、小さい塩むすびを二つ、アルミニュームの皿にのせ「食べて行かな

あかんよ」と渡してくれる。

「せっかくやけど今日は、食べとうないんや……お腹の具合もようないし、どうせ高梁《コウリャン》飯やからな」

「高梁飯かてな、食べられたらええと思わなあかんよ」と言いながら声をひそめて
「南方はなぁ食糧の調達が出来へんのよ」

そしてさらに耳に口をよせて、

「輸送船もないし、多くの兵隊が餓死しているらしいよ」

「どこのどいつが、言うたんやろうねぇ、港、港に女ありなんてさ」

「それは話が違うやないの、平和の時代のおとぎ話よね……あぁ内地に帰りたいね」

私はその声を打ち消すように、アルミニュームの皿を目の高さに捧げ持ち、

嫌じゃありませんか軍隊は
金《かね》の茶碗に金《かね》の箸
お釈迦様でもあるまいに
一膳飯とはなさけない

と大声をあげてうたった。その私の顔を正子はかなしむような目でみていた。

正子は大阪の出身であった。私が北支那に着任したその日から、内務班が同じになり、正子の隣の藁布団に、私の城が決まったのは、どの様な因縁なのであろうか。

背の低い私にたいして、正子は一メートル六十以上の大女で、現代ではこのくらいの身長は当たり前だが、その当時は嫁の貰い手がないとなげく程であった。

私は大陸に赴任する前は、中部軍にいたが四交代制の勤務であり、深夜の勤務もあった。だがここに来てからは、日勤のようなものでした。ただし十九時頃になることもしばしばあったが、そのような時でも正子は私を待って、遅い食事を一緒にしてくれた。

「你に待っていられると、気が急いて気が重たいから待たんといて……第一炊事に悪いからね」

「大丈夫、大丈夫、炊事の兵隊には食器を貸して貰うように、頼んであるから……」

「だからさ、そんな特別の扱いにして貰うのは、うちは好きやないねん」

「わかった、わかった」そう言いながらも、正子は待ってくれた。

私が中部軍から来たのと、軍歴が長いということで、なんとなく煙たがられ外様のように扱われたが、正子はいつも陰で庇ってくれた。

後で考えて見ても不思議なのだが、私は正子の所属部隊名を知らなかった。内地に帰る望みもない私や正子にとって、所属部隊名など、特に必要でなかったのかも知れない。

宿舎を出る時も私は殆ど一人で出た。もちろん正子にかぎらず、勤務場所で一緒になる女子軍属の中には、気の合った人が二人程いたが、その人たちとは内務班が別々で、勤務下番後には一緒になることはなかった。

間もなく宿舎を出た私は、暗い気持ちでうつむいたまま、足は何かを蹴飛ばすような勢いで、足早に歩いていると、アカシヤの陰から「姑娘」と小さく声が聞こえ、

「オハヨウゴザマス」

の大きい声ともに、可愛い顔が見えた。

「あぁ小孩」

ニーッとわらうと、真っ黒な顔が安心したように微笑んだ。

今は名前も忘れてしまったが、勿論おぼえていたとて、本名かどうかもわからないし、親がいるのかいないのかも、聞いたことがない。ただ私なりに（親は戦火で死んでしまった）と思っていた。いつも裏か表か、わからない程の汚れた顔と、ボロ布を巻いた素足であったが、歯のきれいな子だった。私はその子供に幼い弟達の面影をいつも重ねて見ていた。

戦争がはげしくなり物資が極端に不足してきたころ、母は末弟のことを指して、

「この子がせめて十五になるまでは、生きていたい」

「どうして十五？」

「十五歳は男の子の元服や、まさか牛にも馬にも蹴られはせんやろ」

後に原子爆弾という、世にも恐ろしい兵器ができるとは、夢にも考えられぬ一途な母の思いだった。

私が北支に渡る直前に、母は泣きながら、

「女の子が兵隊に征くのか」

と私をせめた。その母に私は冷たく、

「うちら若い者が征かんと、おばあさんも含めて、小さい弟たちもみんな死ぬかもしれへんのよ、うちらが守らんと……」

と激しく言葉を返し、そしてつぶやいた。

（この戦争は絶対に負けられへんのよ）

だが目前の小孩の顔をみていると、親の思いが残っているようで、いたいたしかった。私の顔をジーッと見ながら、小孩はなにか言葉を探しているようであったが、言葉の分からない者同士では会話にならない。私の頬の辺りを指さして、

「ショウショウデ」

と言ったようだった。私は軽く顔を叩いて肘まくらで寝るまねをすると、小さい手を合わせて、早く快くなれとの仕種をするので、「ウン、ウン」と胸をたたくと、安心したように微笑んだ。

正子が包んでくれたにぎり飯を、思い出して懐から出し、渡すと「謝々」の言葉とともに深く頭をさげてニッコリ笑う。

この小孩が気にするほど、今朝の私の顔色が悪かったのか？　それとも頬がとがって見えたのかと、

正子に当たり散らした自分自身の心を恥じていた。

部隊に入り執務場所につくと、一ヶ月程前に着任した見習士官が、前方で軽く手を上げたので、私はあわてて立ち上がり、礼を返した。

この士官は見るからに、若者らしいさわやかさで、感じの良い人であったが、あと少しで少尉に任官するはずである。見習士官の時はいい人でも、少尉に任官すると急に威張り出す人がいるので、

「少尉殿になっても威張らないでね」

「大丈夫、自分はそんな事はしませんよ」

慶応大学の出身であったが後に戦死した。

私はどうしてか、将校は好きになれなかった。特に少尉級が嫌いだった。

見習士官の時、ちょっといいなぁと見た人でも、任官すると突然にそり返り、面食らう事があった。

大尉級になると私の目から見て〝小父さん〟の感覚になるから意識しなかったのかもしれない。

後になってこの大尉級が、私と正子にとって一生の運命の別れ目になるのだが、それまでは意識の外であった。

隊長は少佐であったが、幼年学校から陸士を経ているので、三十歳前後だったが、〝若手の将校〟と呼んでいいのかどうか？　ちょっと特異な感じの存在だった。佐官級としては若かったからであろうか。

その日の帰り道、いつから待っていたのか今朝の小孩が、焼き栗を両手に握って立っていたが、私をみるなり駆け寄って、

「姑娘進上」

とさしだした。

「アイァー、かっぱらったの」

大声で言うと、その手の言葉はなんとなく分かるのか？　ニーッとわらって、逃げて行った。赤い夕日が少年の影を大きく引いてもの哀しい夕暮れであった。


あくる朝部隊につくと、男子軍属の鈴本雇員がすーっと寄ってきて、

「秀子はなぁ子供だからなぁ」

「子供だからどうなの」

「だからさぁ你《ニー》の相手にはならんよ」

「うーん情報が早いのねぇ……雇員殿は秀子に関心があるの」

「冗談じゃあないよ、子供だと言ってるだろう」

「ふーん」と言いながら私はそのとき何かを感じた。

「雇員殿、私の勘は自分でも驚く程よく当たるのよ、何なの？　誤魔化そうと思っても駄目ですよ」

切り口上で言うと、雇員は手をふりながら、

「馬鹿だなぁ、あれは小孩だが、後にうるさいのがいるから、気をつけるんだね」

「うるさいのって、中田さんのこと」

「うーん、それもあるけど」

言葉をにごしながらふっと真顔になって、

「自分はこれ以上你に嫌な思いをさせたくないんだ」

「そう、ありがとう。でもねぇ、この際はっきり断っておきますけど、私は外様じゃないわ」

一瞬私の頭に秀子よりも、中田雇員の顔が浮かび、鈴本雇員の声が聞こえた。

「少なくとも自分は你を知ってるつもりだよ、そんなこと思うわけがないだろう」

「……」

「ただ内地と戦地では時として人の心に大きな隔たりがあると言うことを認識してほしいんだよ」

そう言いながら雇員は、女にしたいようなほっそりした、形のいい後姿をみせながら、持ち場に戻っていったが、腰に下げた日本刀がいかにも重たげで、私は思わず（可哀想ね）とつぶやいた。しばらくして気がつくと、隊長殿の回りが忙しくなっていた。隊長の出発らしい。

「伊藤曹長」と隊長は呼んだ。

「尉官一名、下士官一名、これはお前だ、兵二名の準備はできたな」

例によって抑えたような、それでいてよくとおる隊長の声がきこえた。傍らの小林少尉に小声で「隊長殿は大同ですね」と言うと、首を二度こくん、こくんと動かした。

この人は半年前までは、佐官級の嘱託であったが現地召集され、いつの間にか少尉に任官して戻ってきた。「嘱託殿」と呼びなれていたので、なかなか「少尉殿」と呼べず、間違えて呼んでは苦笑されたが、本人は「嘱託の時は良かったなぁ」と、ときどき愚痴っていた。

私の部隊は他の部隊にくらべて、少し変っていた。長髪の人が多くて、支那服でウロウロしていると、中国人と見分けがつかない程だ。そのうえ中国語が達者でときどき驚かされた。

ある人は二十四時間、日本語を使うことを禁じられて、中国人が身のまわりの世話をして、寝ても起きてもその人とのみ、会話している人もいた。

奥地で行動する時（単独または少人数）、不意に日本語を使うことのないようにと、とられた措置であろうが、本人としては大変なことであった。だが四十歳に手のとどく小林少尉も、若手の鈴木雇員も字はきれいであったが、中国語の会話は上手ではなかった。また隊長も大同とか、石家荘、太原などに三、四日の予定でよく出掛けたが、隊長の中国語も、耳にしたことはない。たぶん会話は出来なかったのであろう。当番兵が持ってきたお茶を、一口飲んでいたがつっと立ち上がって、軍刀を握ったまま私の傍につかつかと歩み寄り、

「おい尾崎、戦はなぁイライラした方が負けだ。くだらんことをくよくよ気にするんじゃあないぞ」

と静かだがきびしい口調で言った。

私は立ち上がることも忘れて、座ったまま茫然と隊長殿を見つめていた。

四、五日は何事もなく過ぎ、隊長殿も無事に帰られ、私の心もやや小康を保っていたが、今度は正子がなんとなく元気がないように見える。
「なぁー、なんやちょっと変やなぁー、どうしたん」と聞くと、「別にどうもせえへんよ」と小声でいう。

「元気ないやんかー」と言っても、だまったままで小さく笑ったが、その顔はなんとなく熱っぽく見えた。正子が言いたくないようなので、それ以上はきかなかったが。

昨日、今日と私は正子の様子を注意して見ていたが、正子は余り食欲もないようだし、そのうえ歩く時に足を引くような感じがした。一昨日、昨日、今日というようにだんだんその引きかたが、大きくなっている。私は心配でたまらず「おうちなぁ足が痛いんとちがうの、無理したらあかんしー」と言うと、こっくんとうなずいた。

あくるあさ目をさますと、正子は沈んだ顔で「うちなぁ少し熱っぽいしね、今日は勤務を休みたいんや」「そうや、そうしい、だけどただ寝ていても、しようないからなあー、軍医殿の診察を受けて、練兵休をもらいや」と言ったが、正子はだまっていた。

（練兵休とは二、三日の軽い症状の時に内務班で寝て、入室とは一週間前後を、部隊の医務室で寝た。）

「一応、司令部の医務室に、届けるのだと思うのだが、それとも宿舎長の大尉殿に届けるのかねぇ」と私は独り言を言いつつ正子の顔を見たが、それでも返事をしない。返事しないというより、むしろ何かを思案しているようであったが、私は正子の困惑がなんなのかまったく見当がつかず、何を言っていいのか困ってしまった。

中田さんには、あまり口をききたくなかったが、隣の住人である正子が病気では黙っているわけにもいかず、とりあえず話をしたが、あまり心配してくれる様子でもなく、切れ長の目でチラッと私を見て「そうですか」と素気なく言った。

私は配膳に行き、正子の飯とみそ汁をもらい、寝ている枕元に置きながら「行ってきます」と声をかけると、正子はつらそうな目で見た。

部隊に行く道すがら、正子の顔を思い浮かべつつ、軍歌の戦友の一節を声のでるままに「それじゃあ行くよと別れたが永久の別れー」ここまで口ずさんで、私は思わず口を抑えた。なんとも言えない薄墨のようなものが胸のなかに一杯に広がり、背中には氷が張りつくほどの冷たさがきた。その冷たさを振り切るように、「しょう子ー」と叫びながら私は一目散に走った。

部隊の営門を、欠礼のまま通ろうとして「オイ、どうした」と呼び止められた。あわてて見るとつい先頃、兵長に昇級したばかりの、樺沢さんが立っていた。「あぁ兵長殿」と救われたように言うと、「どうしたんですか、顔色がわるいですね」と覗き込むようにして聞いた。「正子が、いやぁ広瀬正子が少し具合が悪くて」と言うと、「広瀬？　知らないなぁ、うちの隊ではないんでしょう」そのとき後で下士官の声がして、「営門でなにをごたごた言ってるか、はやく通れ」と怒られた。

勤務場所に入ってすぐにわたしは、鈴本雇員をさがして相談したが、本人に診察してもらう気持ちがなければ、どうにもならんがとにかく上に話して、頼んでみようということになった。それから鈴本雇員がどのように連絡したのか、司令部から衛生兵と、正子の隊の下士官が行ったという。

だが正子は、つれて行かれた軍医殿の前でもそのときは、熱があって体がだるいと訴えたらしいが、足のことは一言もしゃべらなかったらしい。軍医殿も不審がり胸のレントゲンをとりたいが、といいつつその日は一応解熱剤などを、だしてくれたという。

その日十五時過ぎから、北の空が真っ黒になり、（あぁ来るかな）と思う間もなく強い風が吹いてきた。いわゆる黄塵である。

レシーバを被ったままで、私は小さい窓から、見るとはなしに砂嵐を見ていたが、真壁軍曹が電文をもって、入ってきたのを目でとらえて、わかっているのに頭と手がそれに反応しない。

「オイ、何をぼんやりしているか」と言われて顔をあげ、だまって軍曹をみた。軍曹殿はとなりの加藤上等兵に、紙をわたしながら「ぼんやりした顔の人には、恐ろしくてうっかり頼めんよ、こわいからなぁ」

「間違えて生《なま》でなんか送られて見ろ、首が飛ぶぞ」私はただ「ハイ」と答えた。短時間のあいだに、外開きの窓が開かない程に砂が積もり、勤務下番後も兵隊と一緒になって砂掻きをして、一人で帰るのは危険だからと、鈴本雇員とふたり乗りの洋車《ヤンチョウ》で帰った。

内務班に着くがいなや、正子に「熱は」と言って頭に手をやると、火の様に熱い。

「中田さん、広瀬さんがこんなにひどい熱なのに、貴女はどうしてめんどうを見てやらないの。なぜ冷やしてやらないの」と怒鳴った。

そして他の人達に向って「貴女たちも中田さんに指図されなければ、なにも出来ないの、そんなに中田さんがおそろしいの」と立った儘で叫んだ。

司令部の打字員（タイピスト）の楠さんが、側にきて声をかけてきた。

「あのな、今日は司令部の私達は少し早かったら、皆で交代して広瀬さんのこと看ていたんよ（広瀬さんがつかれたから）と言うから、今ちょっと冷やすの止めたとこやから、あんまり怒らんといて」と言い「なぁ広瀬さん」と正子に同意をもとめ、正子は弱よわしく「そうや」とうなずいた。

「そんならいいけど、なにしろ司令部は私達と違って苦力《クーリー》（当時の中国人労働者）がいるんだから」

と言う私の嫌味を、中田さんは聞かない振りして聞いていた。

夜の点呼のため皆が部屋をでた。正子に「点呼だからね」と言うと「あの子はねぇ鈴本雇員が好きなんや」「鈴本さん……へぇ」「とにかく行ってくるわ、遅れると大尉殿はこわいからねぇ」と上衣に手を入れながら急いだ。ふーん子供のくせに、うちの鈴本さんが好きとはなぁ、おかしくておへそが茶を沸かすわ、あーあほらし。

宿舎長の大尉殿に対して、中田さんが申告した。「総員○○名、事故一名、事故の一名は傭人の広瀬正子で、発熱であります」

「あまり悪いようなら、入室させねばならんから、皆もよく注意して看てやってくれ」

「ハイ十分気をつけております」

おやおやこの胡麻すり奴、炊事場に行って大きい摺子木を、借りてきてやろうか……。解散のあといらいら気を、おさえるためにゆっくり歩いていると、足音あらく秀子が追い越していった。赤ん坊がいやいやする様に、頭を左右にふりながら。

その後姿に（お前さんはやっぱり子供だねぇ）と思いつつちょっぴり可哀想になってしまった。いまの世に人を好きになってどうするの、まして軍隊の中でなぁ、結局はお互いが、辛い思いをするだけだから、そんなあほらしいことやめとき。

就寝まえに正子に肩をかして、厠に行ったが本人はほとんど、自分一人では歩くことが出来ない程に、力がなかった。

「正子、お願いだ、おしえて……この儘じゃあどうすることもできないよ」と、二人は肩を組んだまま泣いた。

「灯りが暗くてさみしいねぇ、中にだれかいるの」と、厠の奥にむかって大きく声をかけたが、静まりかえって何の音もない。

「ねぇー誰もいないから……どうしたっていうの、どんな病気にしたかて、手当は一日も早くせなあかんでしょう」

「うち（私）なぁ出血がひどいねん」

「出血って……お客さん（生理）とちがうの」かすかに正子はうなずいた。

「どこから……」と、私は聞かないでいいことを問いかえした。

「おいど（お尻）なんや……そやからうちなぁ軍医殿に言うの嫌やねん、言われへん」正子は顔をクシャクシャにしながら、一気に言った。

嗚咽する正子を、私はどのように慰めたらいいのか、言葉が見つからない。だがここで一緒に泣いては駄目だと、自分の心にいいきかせた。

「阿呆かいな、ほんまに何いうてんの、聞いてられへんなぁ……そうやないの、考えてみい。男と女の違いはあっても、五臓六腑みなそろうてるんや、なんで嫌なの？　おかしな御娘《おこ》やなぁ」

「そやかて……」

「そやかてやない、命と引き換えにはでけへんやんか」

正子に肩をかして、歩きながらもし私自身だったら、やっぱり舌をかんでても、死にたい程であろうと、正子が可哀想で心のなかで泣きながら、（きついこと言うて、ごめんな……でもなぁこれ以上悪うしたらそれこそ、大変やからねぇ）と詫びた。

内務班の入口にきて、立ちどまりながら「大尉殿のところに行ってくるから、班にいてね」と言うと正子は、一寸悲しそうな顔をしたが、強いてさからわなかった。ただ中田さんに、先に話した方がいいのではないかと言ったが、「いいよ」と言いつつ私は宿舎長の熱川大尉のいる二階へ上ったのが二十一時少し前であった。なんとなく部屋の中が、騒がしいような気がしたが、「熱川大尉殿、情報隊所属の尾崎であります。お願いがあってまいりました、入っていいでありますか」と、大声で言ったが返事がない。少し間をおいて再び、

「大尉殿、お願いがあってまいりました」

と言うと、

「消灯時間だが何だ、火急の用か」

と機嫌がわるい。

「申し訳ありません、広瀬正子のことでお願いがあってまいりました」

「入れ」の言葉と同時に、「入ります」と言いながら戸に手をかけると、中から戸が押されて開いたので、私はびっくりして「アッ」と一足とび退いた。

青天の霹靂とはこのことであろうか？　中から戸を押して出て来たのは、中田雇員ともう一人の女子軍属であった。この人は熱川大尉殿の血縁関係だと、噂にきいていたし、時々は個人的な話もしていたが、中田さんがどうして今頃と。

ぱっと顔をあわせた中田さんは、珍しく機嫌のいい声で、

「尾崎さん、いま私も大尉殿に広瀬さんがだいぶん悪いようだからと、お話したところです」といった。私はそっぽをむいたままでありがとうだけを言い、一歩部屋にはいって大尉殿に真っすぐ向かい

「消灯時間になってから、非常に申し訳ありませんが、広瀬正子が急に容態がわるいので軍医殿の方にご連絡頂きたいのです」

「どのようにわるいのか」

「先程からとにかく熱がひどいのです、この儘では頭をやられます」

「しかしお前も広瀬も、先任の中田雇員に何も相談せんと言うではないか」

私はその時〝馬鹿野郎、何が先任だ〟と頭に血がのぼった。

私は、むねの奥底から込み上げる感情の波を、怒鳴りたい気持ちを、喉元に手をあてて、かろうじて押しもどした。

〝いけない、いけない、いまここで言ってはいけないのだ〟と目をつぶり一呼吸して、

「ハイッ大尉殿、以後気をつけます」

「……」

「お願いします大尉殿、ほうって置けない状態なんです」

「……」

「自分も一緒に行かせて下さい」

「何故だ」

「広瀬さんが心配ですから」

「それをお前の越権行為と言うのだ」

「大尉殿、中田雇員殿のことにつきましては、自分は十分反省しています。ですが今夜のところは、自分に行かせて頂きたいのです。中田雇員もつかれていて、気の毒だと思いますから」

私が口ばやに一気に言うと、大尉は冷たい目でみかえしながら
「軍医がなんと言うかわからんが、とにかく部屋にもどって指示をまて」と言った。

「ハイわかりました」私は深く腰を折って「ありがとうございました、帰ります」と急いで部屋に帰ってみると、正子は真暗闇の中で藁布団の上にすわり、ごそごそと何かをしている。「暗闇でなにしてるの、寝てんとあかんやないの」と耳もとで囁くと「なんや持ってくものを少しなぁ」と呟く。

「やめとき、どうせ話が決まったら、皆に一応起きてもろうて、きちんとせなあかんのやから」と、手をとめさせた。

案の定秀子が、わざとらしく軽い咳をして「ちょっと寝られへんなぁ」と小さく言った。「広瀬さんの具合が良うないんだから」と中田さんの、たしなめる声がして部屋は再びしーんとした。

正子は黙ったままで、横になりふとんを被ったが、泣いているようであった。私は中田さんが秀子をたしなめたのを、珍しいこともあるもんだと不思議に思いつつ自分も布団にもぐったが、部屋の空気の重さと冷気で、身体がガタガタと音を立てる程に震えた。

背をまるめ膝を両手でかかえて、寒さに耐えながらも考えることは、正子のことであった。入室だけですむのか、陸軍病院に送られるのか？　いずれも、軍医殿の指図に従わねばならないが、手術となるとこれは大変なことになるなぁ、出来れば従軍看護婦のいる、病院がいいと思ったりした。

小一時間ほどして、身体の震えがすこしおさまった頃、部屋の外で軍靴の止まる音がして、「中田雇員殿、田鹿軍医大尉殿の下命により、新山上等兵まいりました」と押さえた声がした。

中田さんはすーっと立ち上がり、戸口を少しあけて「御苦労様です、すぐ支度させますから五分まって下さい」と言いながら、「広瀬さん支度できたの」とふりむきつつ「皆さん五分点灯します。広瀬さんに協力してくださいい」

私は宿舎長の大尉殿の所から、帰って来て制服のままで寝ていたから、「中田さんお願いです、自分も行かせて貰いたいと、大尉殿にお話してあります」と正子の下着を二、三枚包んで立ち上がった。

「そうですか、本来なら自分の役目ですが尾崎雇員のたっての、願いなら仕方ないでしょう、行ってやって下さい」

二、三人が起きだして「広瀬さん頑張らなあかんよ」とか「尾崎さん、気ぃつけたってや」と口々に、小声ながら声をかけてくれると、「さわがしてごめんなー」と本人は早や声をつまらせていたが、ほどなく二人の衛生兵が担ぐ担架の中で、正子は高熱に喘ぎつつ目を閉じていた。

衛生兵は医務室の入口で担架を下ろして、「軍医殿、広瀬を連れて参りました、入ります」と声をかけ、担架を上げて入った。衛生兵にむかって「御苦労さまであった」と声をかけたのは、田鹿軍医大尉だった。私はほっと救われたような気がして、うれしくなった。この人は〝優しい〟と皆から言われていたから。

衛生兵にちょっと外へと、目くばせしながら、田鹿軍医は「どうしたか?」と正子に尋ねた。正子は目を閉じたままで、つらそうではあったがはっきりと「出血がひどくて」と言った。

「出血?……前か、後《うしろ》か?」

「もちろん後です」正子はちょっと気負ったように答えた。

「そうか後か、うしろでよかった。バージンだからなぁ」と言いつつ、

「第一俺は外科医だからなぁ、前じゃあ困るぞ」

つとめてあかるく笑う、軍医殿の声を聞きながら、なぜか胸の中が熱くなった。

「しかしひどい熱だ、いつからこのようになったか……」

「なぜお互いにもう少し、気をつけてやらんのかなぁ」と怒ったように言いながらも脈をとったり、聴診器をあてたり、懐中電灯で目を覗いたりしていたが、一通りの診察の間、正子にいろいろと問診していた。正子は〝馬家溝《マジャコウ》〟に行ったとき非常に水が悪く、砂まじりの水で沸かす風呂は、ジャリジャリと身体に残って、絶えずどこかにかぶれのような、痒みのようなものがあり、衣服でこすれると痛い程の感じだったという。

そのうち特に〝おいど〟のところがと言うと「〝おいど〟か、うーん可愛い言葉だなあー」と言って、

「わかった、ぐずぐずしているから、そこから化膿菌が入ったんだ。なぁ広瀬、神様は男にも女にもそれぞれ平等に、道具を備えてくれているんだから、前でも後ろでも恥ずかしいことはないぞ、わかったな」と言う、正子はただ「ハイ」とうなずいていた。

軍医殿は聴診器の管をいじりながら、何かを考えている様子だったが、そのとき外から「大尉殿、小松軍医殿が見えました」衛生兵の声がすると、自ら戸を引きあけて「あぁ小松さん、深夜に申し訳ないが、ちょっと手を貸してください、この娘の熱が高くて困っているんです」と。二人の話し方は

普通の医者と医者の会話だった。

医務室の片隅を、布で仕切っている中で正子を診察した二人は、しばらく相談していたが、

「なぁ広瀬、いま小松軍医とも話し合ったんだが、手術はできるだけ早い方が良いと思うから、田鹿軍医がするがどうだ」

傍から小松軍医少尉も口を添えて、

「田鹿軍医は地方では、腕のいいお医者さんだから、そうして貰いなさい。陸軍病院に移送するにも、時間がかかるから」

二人の様子からも、手術の急が感じられて正子と私は同時に「ハイ」といったが、ここは戦地、医者を選んだり、病院の選り好みなどできる筈もない。せめても田鹿軍医のような、温か味のある軍医に出会えたことを、喜ばねばならない。

決して明るいとは言えない電灯の光に目を閉じている正子の横顔を、祈りにも似た気持ちで私はじーっとみつめていた。

「ところでだ、そちらのお嬢さんはどうするか？　あと少しで明るくなるから、ここで一寸やすんでいくほうがいいだろう、いま内務班に帰ってガタガタしてもうまくないだろうから」と言い、衛生兵に仮眠の用意を頼んだ上で、小松軍医少尉と小声で何か打合わせながら、暗い廊下を歩いて行く二人の影法師が、寒ざむとゆれていた。

衛生兵がきて、正子になにかの注射をしていたが、私は夕方からの疲れか、睡魔に引き込まれるようにうとうととした。

長い軍隊生活のくせで、五時三十分にははっきりと目がさめた。パッと起きて身支度をしながら、正子を幕の隙間から見たがよく眠っているらしかった。

宿舎にもどり内務班に入ると、皆は点呼前の忙しさで、正子のことを聞く人もいない。朝の張り詰めた空気のなかで、なぜか私の心は空虚だった。

「中田さん、昨夜はですぎたことをお願いしてすみませんでした。ありがとうございました」と私は型どおりの挨拶をした。

中田さんに手短に、正子の容態を話した上で、熱川大尉（宿舎長）には点呼の後で報告しますと言うと「私からします」と中田さんはうるさそうに言った。

勤務についても、気持ちが重くのしかかって、時々かるい吐き気がし、鈴本雇員は「具合が悪いのなら自分が代わるから少し休んだ方がいいよ」と言ってくれたが、休憩したとて良くなるわけではない。

だがとうとう私はがまんできなくて、隊長にじかに午後の休憩を申請した。隊長は少し顔を斜め上にして、「お前の様に神経が細くては、野戦の任務は務まらんぞ」と言いながら「広瀬も大事だが、お前自身も気をつけんといかんぞ」と言ってくれた。

女子の一人歩きは危険だからと、部隊の洋車を使ったが、宿舎に入らずそのまま正子の寝ているであろう病室に向って、小走りに急いだ。

その部屋に正子はいなかった。昨夜迎えにきた衛生兵が出てきて、

「あれから軍医殿達で相談の結果、此処での手術は無理だろうと移りました」

「無理とは？　病気が重いの」

「それもあるでしょうが、とにかく最低限度の、設備がいるということです」

私は目のまえが真っ暗になった。やはり正子の病気の状態は重いのだ。

「田鹿大尉は〝排便の事もあるし、陸軍病院がいいのだが、しかしこの娘の手術は俺がやってやりたい〟といわれて野戦病院に移しました。もちろん時間的なこともあると思います」

「そうですか、ありがとう」といって部屋をでた。野戦病院だと管轄がちがうから、勝手気儘に出入りはできない。正子がどんなに心細い思いでいるか、いやいやそれよりなにより、手術のことを知りたかった。

野戦病院は洋車で走って、三十分位の場所にあったが、常日頃はあまりその存在を意識していなかったので、その規模についての認識もまたなかった。

私はどうするすべもなく、とぼとぼと宿舎にかえり寝ころんだ。青白い正子の顔が大きく目にうか

び、私はまた軽い吐き気におそわれた。

隊長殿が言われる様に、自分自身をもっとよく管理しなくては、参ってしまうなぁと思いながら、うつらうつらとしていた。

ふっと気がついて腕時計をみると、十六時をすこし回っていた。そのとき日頃の私なら、考えないであろうことを考えた。

〝そうだ、みんなが帰るまでにお風呂に入ろう。どうせ皆が帰って、一度にごたごたするよりも、その方がいい〟と。

理屈はたしかにそうなのだが、他の人からみた場合に、気持ちの良い筈がない。

私は風呂場に入り、寒々とした空気の中で風呂に手を入れて見た。やっと水ばなれした位だったから、外にでて苦力を呼び、石炭をどんどんくべて、早く沸かすようにいいつけた。

苦力が石炭をくべるのを、なんとなく見ながら心はそこになかった。〝聞いて聞こえず、見て見えず〟と言う状態で、自分がいま何をしているのか、何をしようとしているのかも、はっきりしていなかった。

何ほどの刻が過ぎたのであろうか、急に宿舎の方が騒がしくなったのにふと気づき慌てて風呂場に入り、手をいれると丁度いい湯加減である。

いそいで風呂に入って、少し気分がほぐれかけてきたとき、どやどやと足音がして、脱衣場に入る数人の気配がした。私は大急ぎで風呂から上がり、脱衣場の戸を開けようと手をかけると、戸は脱衣場の方から乱暴な勢いで開けられた。

一斉に冷たい目が集中した。〝あぁまずいことになったなぁ〟と思い「お帰りなさい、御苦労さんでした」と言ったが誰も返事をしなかった。

「少し気分がよくないから、早退させてもろうたんよ」私は誰にともなく言った。

「へえー部隊付の人はええなあ……気分が悪い言うて早く帰れるし、その上風呂まで一番に入って、涼しい顔してなぁ」と聞こえよがしの秀子の声と「秀ちゃん」とたしなめる人の声とが同時にした。

「そやかてしゃくやんか、仕事もせえへんとぶらぶらしてながら、先に風呂なんかに入ったりしてさ……」秀子はむくれていた。

「私は貴女のような、してもしなくてもいい仕事をしているんじゃあないよ、八時間の仕事を三時間で仕上げればとて、十二時間は掛けないからね、能力の問題よ」

秀子がまだ何か言いたそうであったが、

「私はねー貴女がなんで私につっかかるのか、この頃やっと分かったわ、鈴本雇員と私が親しいので妬いてるんだって?」

「そんなこと……」と秀子は口ごもった。

「とにかくね、小孩《ショーハイ》のでる幕じゃないわ、色だ恋だと言うのは、仕事が出来るようになってからにしてよ、気色が悪い……」

「……」

「こんな半分裸のような恰好で、言い合っても仕方がないから、飯上げが終わったら私の部屋に来なさいよ、援軍がいるのならそれも拒まないから、誰にでもついてきてもらえばいい」と私はきつくい放った。

中田さんがくるのならそれもよし、つね日頃のお互いの気持ちの軋轢を、解消するいい折だと心がはやった。しかし秀子が来ないで、あまり口をきいた事のない女子軍属が二人きて、秀子は貴女の言うように子供だから、駄々をこねているようなものなので忘れてやってほしいと言った。

「ふーん、中田さんが言ったのね」

二人は「それは」と口をつぐんだ。二人から目をそらせていた私の頭の中に、何の脈絡もないのに、中田さんと熱川大尉の顔が大きく浮かんだ。

「そうか……そういうことなのか」と私は呟いた。「えっ、なんですか?」と二人は問い返したが、「いいの、いいの」と自分の顔の前で小さく手をふって、「分かったわ、もういいから帰って」と言うと、二人は何となく落ち着かない顔で戻っていった。私はまた軽い吐き気がした。

この二、三日の緊張からか、食欲が全くなく、胸苦しさと吐き気が断続していた。「お前は自分自身の健康も、もう少し注意しなければいかんぞ」と、言ってくれた隊長殿の顔と、母の顔が二重写しになって見え隠れした。

正子のことをお願いに、消灯間際に大尉殿の部屋を叩いた時、戸を押しあけて出てきたのが中田さんだった。驚く私に中田さんは「私も今大尉殿に、広瀬さんの容態がよくない様だと話していたのよ」と機嫌のいい声で笑いかけたが、あれは私の目をごまかすための、笑いだったのだと気がついた。

大きく目に浮かんだ、鈴本雇員に向かって「あんたはなぁ、利口そうな顔してはるけど、意外と阿呆やな。なんでかて？　考えてみぃな。大尉殿と中田さんなぁ、普通やないんやろ？　今まで気ぃつかんかったうち（私）もぼんやりやけど、あんたも可笑しぃな。なんで隠してたの、なんでやの？」「だけどうちはなぁ、絶対に負けへんよ」私は自問自答を繰り返しながら、りきんでいた。

（それにしても正子はどうしただろう）

鈴本雇員が持ちかえる情報を聞こうと、男子宿舎の通用口のかたえで佇んで見上げた空に、片割れ月が冷たく光っていた。

寒さに足踏みしながら二十分程待ったが鈴本雇員は帰って来ない。突然身も心も凍えるような、絶望感に襲われた私は、それを振りきるように「正子……」と叫んだ。

あくる日は土曜日であったが、手早く朝の身支度をして宿舎をでた。だれとも口をききたくなかったし、またきく元気もなかった。営門の近くで下士官が一人、誰かを探すような素振りで立っていた。私は思わず小走りに近よると、相手は素早く胸の名札をよみとって、

「尾崎さんですね」と言った。衛生伍長である。私はすがりつきたい程の気持ちで、「伍長殿、広瀬さんのことで、待っていてくれたんですね……あの御娘《おこ》はどうしましたか？　元気ですか、熱は下がりましたか」と、堰が切れたように一気に喋った。この数日の思いを叩きつけるように。

私の勢いにおされるように、黙って聞いていた衛生伍長は「大丈夫です、総ての処置はおわりました。但し手術後の熱は多少ありますが」と、「そう、よかったうれしいなぁ」私は大きく肩を動かして深呼吸した。

ふっと気がついて「動けるんですか？」と問いかけると、伍長殿は「いやぁー」と微かに首を横に動かした。

「それでは便所は」と聞こうとして、口を噤んだ。当然なのにそれを聞くのは、余りにも残酷な気がした。

こちらの気持ちを察してか「なにしろ回りが、野郎ばかりですから可哀そうです。でも田鹿大尉のような、いい軍医殿に診て貰えたことで、命があったと思えば、他のことは何でも無いことです」と、ムッとした顔で言った。「そうです、そうです、命さえあれば」

「おい、お前ら、いつまでそんな所で立話しているかっ」と、衛兵所の中から軍曹が顔を出した。パッと足をそろえて不動の姿勢をとった伍長殿は、「申し訳ありません、すぐ帰ります」と言うのを押さえて「軍曹殿、三日程前に野戦病院に入った、広瀬さんの事で連絡にきたのです。すみません、すぐ終わります」

うるさいなぁと、思う心とうらはらに口では、お願いの態度をとっていた。軍曹はそれ以上なにも言わなかったが、伍長殿は「では帰りますが何か連絡は」と聞く。

「うれしくて、何も言うことはありませんけれど〝明日の日曜日に必ず行く〟と伝えてください」

「わかりました」と伍長殿は帰っていった。

その後姿を見送りながら、「うん、おかしいなぁ、あの下士官は赤十字のマークはつけていたが、公用腕章はつけていなかったなぁ、と言うことはあの伍長は、野戦病院を無断で出て来たということだ」とぼんやり考えていた。

勿論、正子の直属上官には、すでに連絡がついているだろうし、「そうだ、熱川大尉も中田さんも、すでに知っているんだ。畜生、人を馬鹿にして……」ふーん、今に炊事の兵にたのんで、頭垢《ふけ》めしを喰わしてやるわとカッカした。

部隊につくと、鈴本雇員が早速そばにやってきて「嬢《とう》さん、ご機嫌さんでんなぁ」とニヤリとした。

この人は岡崎商業（現高校）を卒業後、大阪の梅田で大手の商社に勤めていたとかで、大阪弁は上手だった。

「フーン、何いうてんの、うちかてなー機嫌の悪い日ばっかりやあらへんわ。ええことがあれば機嫌もええし」と笑った。

「そやけど、うちはなぁあんたに怒ってるんよ、うちに隠し事なんかしてさ……阿呆らしいて仕様ないわ」「まぁそんなに怒らんといて。悪気やおまへんよってな」

鈴本雇員に、なんとか理屈を言いながらも私は機嫌がよかった。あした正子に会ったら、こちらからなんにも言わないで、問わないで、正子の言うことだけを、そうか、そうかと聞いてやろう。男ばかりの中にいて、どんなにか話すことが、溜っているであろうかと、胸がジーンとしていた。

山形曹長が大股で歩きながら、「おい、尾崎、お前なぁ営門の前で兵隊と、ぐずぐず立話するんじゃあないぞ、みっともないからなぁ、だいいち女子のいない他の部隊の兵隊がみたら、だらしがないと思うぞ」〝フーン、立話がだらしないとは、おかしな話〟と思ったが、素直に「ハイ」と答えた。

今日はなんでも許せる気持ちだった。

「明日の外出証明もらわんとあかんなぁ」と独り言のように言うと、鈴本雇員はすぐに「明日は日曜日だから、部隊ではなく宿舎長の熱川大尉から貰うんですよ」と。

〝あぁいややなぁ〟とまた私の気持ちが重くなった。

しばらくして、自分の所定の位置について、何気なくとなりの坂口判任官の机の上に目をやると、極秘扱いの地図が広げてある。見るともなく見ると、南洋群島と呼んでいた海域から、赤く大きい矢印が、沖縄に向かって真直ぐにのびていた。それは南太平洋におけるアメリカ陸海空の、配備の厚さと、攻撃力の大きさを示していた。

その地図に描かれていた、赤い大きい矢印は、今も私の目の中に、はっきりと写る程強い印象であった。サイパンの次に、今度は沖縄があぶないなぁ、私は切なくなって思わず両手で顔を覆った。

突然〝潔従兄《にい》さんはどうしただろうか〟と思った。「うちなぁ大きいなったら、にいちゃんのお嫁さんになるんやで」と、駄々をこねて困らせた従兄とも、ここ数年は互いに消息も知らない。私より三年はやく、現役入隊してしまったから。

潔従兄さんと私の間に、手紙に書けない合言葉がとりきめてあった。どうせ出征すれば、手紙も書けないだろうが、もし書けるときがあれば、大陸にいるのか、南方にいるかぐらいは、知りたいと話しあった。

南方海域なら〔とても水がきれいだ〕と書き、大陸なら〔遠くの山並みが絵の様に美しい〕と書こうと約束した。だが潔従兄から一通の軍事郵便もなかった。現役入隊の一兵士の身では、例え従妹とはいえ女名前のハガキなど、出せなかったのであろう。

その従兄が南方の小さな島、ネグロス島で小学校時代の同級生三人、共に昭和十九年十二月三十日、敵前上陸で戦死していたのだが、沖縄戦直前の時期に、私は未だ知らなかった。

ふっと現実にもどった私は、正子の所に行くにも、一人では許可が下りないし、さて誰に同道を頼もうかと、思案した。

考えてみると、部隊付きの私は司令部の女子軍属の人達と、あまり交わりがなかった。入隊当初から大阪城天守閣で、六ヶ月のあいだ、実戦部隊としての訓練ばかり受けたし、私自身の固さもあってだろうが、「あの人は、掃き溜めに下りた鶴ね」と陰口されていることも、知っていたから、強いて付き合いたいとも思わなかった。


ふっと傍に目をうつし「鈴本雇員殿」と言うと「おぉ嫌だ、你《ニー》に雇員と呼ばれるとぞっとする、また何か難問だと」

「真面目な話よ、自分は考えてみるとねぇ明日一緒に行ってくれる人が、いなかったらどうしようか？　男子軍属じゃあ駄目でしょう」「駄目だ」「うーん」と考え込む私に「そうだ、いいのが一人いるよ、あの御娘《おこ》なら行ってくれるよ、後で自分が理由を話して頼んでやる」

二時間ほどして鈴本雇員から「猪原さんに話したら〝私もここしばらく、外出していないから丁度よかったわ〟と喜んで承知してくれたよ」と連絡が入った。

その人も前は、情報隊に属していたこともあると聞いていたが、今は違うのであまり話したことはなかったけれど、おとなしい人で齢は十八か十九歳ぐらいと思えた。

勤務下番して宿舎に帰ると、私が探すまでもなく猪原さんが来た。無理に頼んで悪いわねぇと言うと、「いいんです、こんなところにいては、なにも予定があるわけでなし、それにうまくいけば王府井《ワンフウチン》（北京の銀座）位は覗けるかも知れないし」と、いたずらっぽくニッコリした。

とにかく今夜の点呼前に、宿舎長の大尉殿から外出許可書を、もらっておくから話はそれからね、と言うと、ハイと答えて帰って行った。部屋うちをみると中田さんがいたので、「中田さん、私は明日広瀬さんの所に行きたいから、あとで大尉殿のところに許可書をもらいに、行きます」と言うと、「あぁ」と軽くうなずいた。

明日のことを考えると、心がはやったがあべこべに、気を落ち着かせるためにゆっくりと、食事をして時間をすごした。

「大尉殿」と、宿舎長室の戸を叩いたのは二十時十分頃であっただろうか、部屋の中からの返事はない。再度「大尉殿……尾崎はお願いがあって参りました」と大きい声で呼んだが、静まって人の気配がない。

〝あぁしまった〟と私は棒立ちになった。

数秒ののち自分の部屋に、駆け戻るなり「中田さん」と叩きつけるように言い、一呼吸おいて「大尉殿はどうしたんですか?」と叫んだ。

「さぁまだ帰ってませんか？　今日は土曜日だから、ひょっとすると、お帰りにならないかもしれませんね」

「お帰りにならないということは、どういうことですか？」

「どう言うって、外泊と違いますか？」

張り詰めていた私の心が、音をたてて一気に崩れた。

「中田さんお願い。どうしたらいいか教えて」

「どうしたらいいかって言われても、私も困りますよ」

「……」

「昨日のうちに頼めば、よかったのにね」

「分かったわ、つまり貴女は私が広瀬さんの所に行けないのを、喜んでいるのね」

「あらおかしいですね、なんで尾崎さんが野戦病院に行かれないのを、私が喜ばなければならないの」

この五つ年上の女に、口ではとうてい勝目はなく、私は涙をのんで藁布団の上に、蹲まった儘であれこれと考えた。これでは私自身が沈んでしまうのではないか。

今の二人のあいだには、大阪弁のユーモラスな言葉はなかった。お互いに下手をすれば、どちらかが命とりになりかねない。

ふっと気がついて時計をみると、二十時四十五分になっていた。そのとき藁布団の上に、起き上がった私の口をついて出た言葉に、私自身びっくりしてしまった。

「中田さん、点呼ですね、今夜は大尉殿が不在のようですから、自分が点呼をうけますから」

一瞬、中田さんの顔に困惑の色が走り、私はその瞬間を見逃さなかった。

口を噤んだ中田さんの顔を、数秒のあいだ直視していた私は、

「バンザイ……勝った」と心でさけんだ。内務班の通路になっている、板張りの廊下をガタガタと、音をたてながら数人が急ぎ足で行くのが聞こえて、点呼の時間である。

「中田さん行きましょう」

と促す私の言葉に、中田さんは無言で立ち上がり歩きはじめた。竹本秀子は当然ながら、露払いの形で、中田さんについて歩いていたが、私と中田さんの異様な雰囲気に、なんとなし青ざめているようだったが、所定の場所でいつもどおりの、点呼のための整列が終わった。

だが私はいつもの、自分の場所に入らなかった。中田さんも一人で立っている。当然のことながら、私と中田さんは相対する形になった。しばし二人は無言。他の隊員の間に重い空気がながれた。私は真直ぐに中田さんを右手を上げて指し、

「中田雇員！　生年月日は」

「生年月日？　貴女に答える必要は無い」

「そう、答えたくなければ、それでもいいわ、貴女は自分より五歳以上も、年長だということは知っ

ているから」

「……」

「でも次のことは、はっきりと返事して下さい」

「……」

心もち下唇をかんで、だまっている中田雇員に、私は声を荒らげてたたみかけた。

「貴女の昇級年月日は？」

その一言は彼女の心臓をつらぬいた。

蒼白な顔面とは裏腹に、その目は悔しさに燃えているように見えた。

「中田雇員……どうしたの、答えは」

意地悪く答えを促した私は、この時点ではっきりと自分を上位においていた。

「中田雇員……いいですか？　地方では年齢が五歳も違えば、長上の礼は絶対に越すことは出来ないが、ここは地方じゃあないわ、軍隊の中なのよ」（当時は、軍籍と一般をはっきり区別するために、地方という言葉を使った）

「……」

「わかるでしょう……軍隊のなかでは、年齢の違いなどは、全く問題にならないということです」

「……」

「分かったらはっきりと返事をして！」

「分かりました」

中田さんは、感情を抑えた声で言った。

ホッとすると同時に、またしても軽い眩暈と吐き気がした。否応なしに自分自身の身体のどこかが、正常でないのだと思われ気が沈んだ。

「人員に異状がないようですから、今日はこれで終わります」

なんとなくざわざわとした人達に向かい、

「あとは大尉殿が帰られてから、指示していただきます」

中田さんを見ると、何かを模索している様子だったが、私は軽く頭をさげた。

「お互いにギスギスするのは、もうやめましょう。心が傷つくだけですから」

「……」

その返事のないのが、たまらなく淋しくて涙があふれた。わざわざ皆の前で自分が、先任だと言ってしまったことを、はげしく後悔し、そして自分の心にむかってお前は馬鹿だ、馬鹿だと呟いた。

内務班に帰っても、誰も口をきかない。毛布をそろえる音だけが、微かに動いていた。藁布団の中に埋めた顔を、涙がクシャクシャにし、
なにか他にいい方法が、なかったか、私は自分の心の、貧しさにまた泣いた。

消灯後の暗闇の中で、藁布団にもぐったまま、二転三転して寝つかれない。言わでものことを言ってしまったと後悔の念が、後から後から込みあげて、頭を掻きむしりたい程の思いであった。

差し当たり明日は、正子のところに行くことは、まず無理であろうと考えて、正子にごめんね、ごめんねと心で繰り返していた。

それでも明け方うとうととした中で、鈴本雇員の声を聞いたような気がした。私は起床後さっと身支度をして、洗面所に行くと案の定鈴本さんが、きょときょとしながらそのくせ、何くわぬ顔で私を待っていた。

「おはよう」と言うがはやいか、私は昨夜の顚末を喋った。

「ウーン、それはちょっとまずかったな」

「そうなんよ」

「利口なあんたにしては……とにかく対応のしかたが不味いよね」

「言わんといて……うちもなぁ、どないしょと思ってなぁ、もうようわからんわ」

「……」

「後悔しながら変な言いかたやけど自分はあの場合負けていられへんかったのよ、負けていたら沈んでしまうやないの、そうでしょう、軍隊の中のいじめがどんなものか、三年間兵隊の間で見てきてるわ」

「とにかく問題は熱川大尉の出方だな」

「しゃくだけれどそうやなぁー、そしてね自分はほんまはこのことはこのまま黙っといて、あした隊長殿に話して頼んで見たいと思うんだけど……」

「無理だなぁ」

　鈴本雇員は沈んだ声で言った。

「どうして？」

「広瀬のところに行かせて下さいと、どうして隊長に言える？　言えないだろう」

「……」

「そんなこと無理だよ」

「でもこの儘では……」

「你《ニー》はなぁ何でも、少しむきになりすぎる。勿論それが你の長所なんだが、短所でもあるんだなぁ」

「長所だ、短所だって、言ってる場合じゃあないでしょう。うちが困って相談してるんやないの」

「だからさ残念だけど、今日は一呼吸おいて、様子を見た方がいいよ」

「嫌ゃ……あんたはうちの、せっぱつまった気持ちが、わからへんの？」

「困るよ、そんな駄々っ子みたいな……」

洗面所に隣接している炊事場から、炊事の班長が出てきて大声で、

「おい、お前ら何だ、朝からいらいらさせるなよ、こっちは忙しいんだ」

私の顔を見て鈴本さんは、ちょっと口をまげてわらった。〃いい話をしてるわけでもあるまいし、焼き餅など妬くんじゃあないよ阿呆らしい〃と思い無言で会釈し、そのまま二人は別れた。どうにでもなれという気持ちだった。

軽い眩暈がして、そのまま藁布団にもぐりこみ、側にいた人に気分が悪いので起きられないからと中田さんに伝言した。

だれかが毛布の上を軽くたたいて、

「飯上げが終わったから、ここに置きます」と言ったが、顔を見られるのも嫌で、短く「あぁ謝謝」と答えた。

鈴本さんが何と言おうが、明日は隊長に頼んで、公用外出しようと考えていた。

だが正子は同じ部隊の人ではなし、隊長に許可書を申請するのは、筋が違うから駄目であろうと、頭の中ではわかっていた。

実際として女子一人の、公用外出など出来る筈もなかった。休暇で外出の時も二人以上と、厳しく決められていたし、それは八路軍からの拉致を防ぐための軍規であった。

この日曜日の一日は、空しく過ぎていった。だが私の心は〝空しい〟どころではなかった。後悔と悔しさのいり混じった感情の昂ぶりを、誰にぶつけることも出来ず、砂を噛むような一日であった。

十五時をすこしまわった頃、若い同僚が入ってきて、

「尾崎さん、裏の風呂場のところで苦力が用事があるからと、待っていますよ」

「冗談いわんといて、苦力が用なんて……」

「いや嘘じゃあありません、ほんとです」

「そう……なんやろう」

身繕いしながらふっと、鈴本さんが何か情報をもってきてくれたのだと感じた。

風呂場の入口に行くと、苦力がうすら笑いをうかべて立っている。にぎりしめていた手をひらいて、ちいさなメモを渡してくれた。開いて読もうとすると、ニヤリとした。男と女の事となるとすぐに興味を感じるのは、洋の東西を問わぬものらしい。特に中国人はその感がふかい。

「謝々」といって、二、三回使った手拭いをやると、何度もおじぎをしながら帰って行く。それを見ながらいそいでメモを読むと〈広瀬を見舞ってきた、食罐返納の時に〉またまた鈴本さんにさきがけされてちょっと悔しいけれど、でもなんとなく安心して、飯上げの時間が待ち遠しく思えた。

起きていても仕方がないので、藁布団の中にもぐったままで、時間待をしたがいろいろなことが、次々と思われてなんの脈絡もないようなことのなかから、突飛なことが思い浮かんだりした。

食罐返納といっても今日はほとんど食事をしていないし、また当番でもないので炊事場に行く必要もないが、皆が夕食を終りそろそろ食罐の返納に動きはじめた頃しぶしぶのようなかたちで、藁布団からはいだした。

今夜の点呼も、出ないつもりでいるのにあまり嬉しそうな顔をして、炊事場には行かれない。

〃なーんだあの人〃と思われかねないから……

当番の人達が、がやがやしはじめたので私はそっと裏口からでて、炊事班の建物のかげに立った。鈴本さんがどこからか見ていたらしく、小さく手をあげながら小声で「你《ニー》」と声をかけながら来たので、私も微かに手をうごかした。

「元気だった」

「うん、まあまあだよ。それより熱川大尉の方はどう?」

「大尉殿ねぇ、自分もなんとなく聞くのも嫌やし、まただれもなんにも言うてくれへんし、帰ってきたのかどうかも分からへんわ」

「そりゃあー帰ってきてないなんてことはないけれど、だれも係わりたくないから、みんなだまっているんだよ」

「うちも今夜の点呼は、事故届けにしようと思っているの、あの熱川大尉の顔を見るの嫌やからさ」

「……」

「ほんまに好かん蛸やさかいなぁ」

「そんな風に嫌うから、にらまれるんだ」

「そうは言うてもなぁ、うちの隊長殿とは雲泥の差やと思うわ、えらい違いや」

「あんまり扱き下さん方がいいよ」と鈴本さんはニヤリとした。

「それで正子はどんなでした」

「多少顔色はわるいけれど、大丈夫だ」

「食べないのだろうから、やせたでしょ」

「痩せたとかなんとかでなく、かなり回りに気をつかっているようだ」

「例えばどのように」

「自分が一、二分顔をだしただけでも、他の兵隊に悪いからと」

「なに言うてるんやろあの御娘は阿呆かいな……腹が立つなぁ」


しばらく無言で、私の顔をみていた鈴本さんは、重たげに口をひらいた。

「やっぱり你の方から、大尉殿に話した方がいいなぁ、気分がわるいとか何とかですまされるものではないし、今後も点呼は逃げることが出来ないのだから、自分の方から出ていって、大尉殿に謝るんだな……」

「何を大尉殿に謝るの？」

「自分に聞かなくても、你自身の事だよ」

「私は大尉殿のことは、何も言ってないでしょう」

「理屈じゃないんだ、仮病など使って点呼をさぼったら、後の言い訳ができないだろう……自分の逃げ道をあけておくんだよ」

「仮病だなんて、よういうてくれるわ、うちはほんとうに具合がわるいんよ、隊長殿は、お前自身も大事にしろと、言ってくれるけれど、そういう言葉に甘えられない性分だから」

「仮病というのは、そんな意味ではないんだ、ごめんよ、ただこのまま黙っていてもなんの解決にもならんからね」

「……」

「誰かに先に、告ぐち的に言われるより、你自身で経緯を話して、大尉殿が留守の間の不始末を、詫びる形をとらねば、どうにもならんだろう」

「不始末と言うたかて、ほんまのことやからしょうないわ」

「宿舎長殿のいないとき、そのような形をとったのはまずいよね……第一你が中田さんに言ったように、ここは軍隊の中だよ、地方の常識は通らないんだ」

鈴本雇員の言葉をききながら、（ウンわかっているのよ）と心で呟いた。

それなのに人間の心は、おかしなもので面と向かって言われると、フンと、そっぽをむきたくなる。私は言葉に敵意をのぞかせながら言った。

「雇員殿わかりました」

「分かってくれればありがたいよ、なにしろ伱をこれ以上、孤立させたくないから」

鈴本さんは厳しい言葉なのに、その顔はとても淋しそうであった。その顔をみて自分で自分の頑固さがかなしくなり、

「そんな淋しい顔せんといて……うちもわかってるんやから……右の頬にビンタ食らっても痛くありませんと左の頬をだす位にならんとあかんなぁ」

鈴本さんは微かにこっくんをした。私もこっくんをした。自我のために回りの人達の心に、負担をかけたことを後悔しつつ……。

内務班にかえると十九時をすぎていた。鈴本さんには悪いけれど、私はどうしても大尉殿の部屋に行く勇気がなく、体が小刻みにふるえる程に緊張していた。

ふとみると中田さんが、どこに行っていたのか、すーっとはいってきた。私は何故かホッとして、思わず声をかけた。

「中田さん、昨夜はごめんなさい」

「……」

「私もどうかしていたわ、広瀬さんのことばかり気になって、八つ当たりのようなことをしてすみません。以後こころします」

さりげなく大きい声で、相手に間を与えず、矢継ぎ早に喋った。

「大尉殿はお帰りになりましたか」

「時間はよく知りませんが、お昼過ぎにはお帰りになっていたようです」

「そうですか、それではねぇ貴女にお願いがあるんですけど」

不意をついて、私に喋りまくられた中田さんは、ちょっと驚いた様子で、

「お願いって?」

「どちらが先任かなどは、今さらどうでもいいことなんですけど、でも今まで通りというわけにもいかないから、お互いの誤認ということで、理由を話すのに大尉殿の所に一緒に行ってほしいのです」

黙って聞いていた中田雇員は、意外にあっさりと言った。

「あぁいいですよ、行きましょう」

私は張りつめていた気持ちがくずれ〝あれっ〟と思い拍子ぬけがすると同時に、一抹の不安を感じ〝行きはよいよい帰りは怖い〟と心でつぶやいた。しばらくして宿舎長の部屋の前に二人で立ち、

「熱川大尉殿、夜分に申し訳ありませんが尾崎は所用があってまいりました」

するとなかでかすかな物音がして、

「もう少しきっちりと言わんか、所属はどこだ」

「吉田隊であります」

「よし、入れ」

「入ります」

一礼して改めて部屋内をみると、狭いながらもよく整頓されていた。いままで気がつかなかったが、当番兵が出入りしているのであろう。

「何だ？」

「実は自分と中田雇員の、昇級年月日にお互いの思い違いがありましたから、その事につきまして」

「それで……」

「自分の言い方も少し良く無かったし、中田雇員との間で、多少意見のずれができたために、なんとなく点呼時に多少ガタガタしてしまい、申し訳ありませんでした」

「お前の言っていることは、大尉にはよくわからん、点呼のときに何をガタガタしたと言うのか？」

私は適切な説明の言葉を考えてあせった。

しかし大尉殿はすでにこのことは、知っていたらしい。なぜなら私の言葉にたいして怪訝な顔もしないし、驚いた素振りも見えない。中田雇員はと見ると涼しい顔で大尉を見ている。〝なぁんだ、やっぱり〟と思い、一生懸命に話している自分が馬鹿らしくなってしまった。

馬鹿らしいからとて、目の前でそっぽを向くわけにもいかず、我慢、我慢と胸を撫で、しどろもどろながら一応の報告を終わった。

「そうか分かった、以前人事係りの准尉に聞いたような気がしたが、お前達も何も言わんし……それに軍人ではないから、三ヶ月や六ヶ月早かろうが遅かろうが、たいした事でもあるまい」

「ハイ」

「尾崎にとって中田雇員は、姉さん的な存在だからお互いにうまくやれ、いいな……」

このように言われても、「ハイッ、分かりました」と、答えなければならないのがここ軍隊の中なのだ。でもこれでは解決にならないと思いつつ、一階の自分の部屋に帰ろうと階段を二、三段下りて、また眩暈に襲われ、危なく足を踏み外しそうになる。

「中田雇員は姉さん的存在だから」なんて大尉殿はずるいですね、それでは今後だれが点呼の時に右翼にいくんですか？　そこをどうするのですか？

自問自答を繰り返すうち、やっとわかってきた。つまるところ大尉殿の考え方としては（今まで通りでもいいではないか）と言う事なのだと。あぁ阿呆らしい。

今夜中田さんがどうでるか、私は黙って見ていようか……それとも気がつかない振りしたまま右翼にいこうか？　この判断は私にとって、大尉殿の部屋に行く前よりも、もっと重大になっていた。

私がこんなに悩み、苦しんだのは正子がかわいそうで、正子の所に行ってやりたい一心であったが、その頃その正子の心にある大きな変化が起こりつつあることを、どうしてこの私が知りえようか。

点呼の場所に行くとき、中田雇員と出会ったので、

「どうぞ」

と先に行くように手をあげると、微かにうなずいて先をあるく。私は後ろから、

「いろいろと、不愉快な思いをさせて悪かったと思ってます。すみませんでした」

するとと中田さんは、

「お互いですわ。でもねぇ右翼に行ったら行ったで、いろいろと大変ですよ」

「そうでしょうね」

(右翼とは隊列を整えたとき先頭に立ち上官に報告する立場上、一番右になるので右翼と呼んだ。)

中田雇員の後ろを歩きながら、

「中田さん、やっぱり右翼は貴女がやって下さい」

「何を言うんですか! 皆の前であれだけのことを言ったのに」

とムッとした声であった。

「だから謝っているでしょう。第一私はあまり司令部と交渉がないし、大尉殿も言われたように、貴

女はお姉さん的存在ですから」

「ちょっと皮肉っぽいですね、それにはっきりしている規定をくずすと、区切りがつかなくなるわ」

「皮肉に言っているんじゃあないわ、私はいつも真面目に話しているのですから」

下手《したて》にでれば、皮肉だといわれるし、言い返そうとすれば、するりと逃げられる。

あーぁ、こういうのを、年の差というのであろうか。

女子軍属の中で、中田雇員の外に二、三名の雇員がいた。年はほぼ同じ位だった。陸軍軍属の印である腕章の、星のマークが白だったので一口には、〝白星〟と言われていた。

その人達の所属が何処なのか、私は本当に知らなかったし、またお互いの距離間隔など、どうでもよかったが、中田さんは内務班が同じと言うことで、意識が強く働いたのであろう。

点呼のとき私は素早く、元の位置に立つと中田さんは、私を右翼に押しだそうとした。

「つまらない事をいつまでもぐずぐずしない方がいいわよ、大尉殿がきたらまたうるさくなるわ」

白星の一人が制し、また別の白星の声で、

「そうよ」

中田雇員はチラッと、そちらを見て口を噤み、私は聞こえない振りをしていた。

元の静けさにかえって、また一週間がむなしく過ぎていった。その間どうのこうのと気をもんでも、どうできるものでもなし、正子もそれなりに、つらさにもたえて頑張っているのであろうと、自分に言い聞かせて次の機会を待った。

ただその間に鈴本雇員は隊の誰かを見舞に行き、ついでに正子の顔を見に寄ったが、さして喜ぶ様子でもなかったと言う。

「しょうないやんか、鈴本さんじゃぁね」

と言うと、

「ちょっと感じが違うんだ」

と独り言の様に小さく言ったが……。

そして待ちに待った土曜日の夜、熱川大尉に日曜日の外出願いを出した。勿論同行者の猪原さんの名前も共に書いて。

「今夜書いて置こう」と大尉は一言言った。

その言葉を信じて、余り早くてもいけないと思い、翌朝十時をまって受取りにいくと、すでに大尉殿の部屋は施錠され、司令部にでかけた後のようだ。やっぱりしっぺがえしをされてしまった。畜生奴、この悔しさをどうしてくれようかと、私は地団駄を踏んだ。

階下で猪原さんが待っていることも瞬間わすれて、唇をかんで階段の途中に立ちどまった。猪原さんが下から大声で、

「貰えた？」

「……」

「許可書は」

「没有《メイユー》」

喉を詰まらせながら、私は吐き捨てた。

「どういうことなの？　ひどいわ」

「……」

一階で猪原さんが興奮して叫んだ。

「言ってやりたいわねー、弾は前からばかり飛んでは来ないって」

空っぽの頭の中を、その声がつきぬけた。

猪原さんの興奮とは別に、私はかえって気が落着き、隊長の顔が目に浮かんだ。

「わるいけど、司令部に、一緒に行って」

「それはいいけど、癪にさわるじゃない」

「しかたがないわ、どうせまともにぶつかれる相手じゃあないし」

「でもねぇ……」

「忠臣蔵の内匠頭と上野介ね」

二人は、つかずはなれずの形で司令部の方にゆっくりと歩いた。

衛兵所に寄って、大尉殿の通った事を確かめて司令部に入った。部隊に寄りたかったが、隊長に言訳がましいことを、言うのが嫌で素通りして行った。
二、三人に大尉殿の、居場所を聞きながら大尉の部屋に入ると、こちらを見て、
「そうだ、外出許可書を頼まれていたなぁ」なんのことはない、上衣の物入れから出して簡単にくれた。くやしい。

やっとの思いで手に入れた許可書だが、全然うれしくなくなった。こんな紙切一枚もらうために、私はこの数日なにをしたのだろうか？　あの人の心を、この人の気持ちを傷つけて、一体どうしようとしたのだろうか、とこころは沈んだ。

猪原さんにゴメンネ、ゴメンネと謝りながら、正子の病室にいそいだ。

正子は下士官室でも、空けてもらったのか、長四畳くらいの、部屋に入っていた。

「変な部屋やねぇ」と挨拶代わりに言うと「居候だから」とポツンと言った。

猪原さんは黙って、立っている。

何だか一ぱい話があるようなのに、言葉になって出てこないのだ。この気詰まりはどうしたのだろうか。

「もう少しはよう来たかったけれど、遅うなってごめんな」

「いろいろと、無理させてしもうて…」

そして正子は、猪原さんに顔をむけて、「猪原さんすんませんでした。せっかくの休暇を無駄にさせてしもうて」

「いいのいいの、たまにわたしも外の風に当たりたかったし……でも割合に元気そうでよかったわ」

そういいながら、ちょっと外を眺めてくるわと、気をきかせたのか出ていった。

すると入れ違いに、衛生兵が入ってきたが、見ると先日正子のことを、連絡にきた伍長であった。

「あっ伍長殿、先日は……」

といいかけて何気なく正子を見ると、その顔に羞恥とも困惑ともわからぬ色が一瞬走った。

私はピリピリと、電気に打たれたような気がして、そうかそうか、この気づまりはここからきているのだ。了解、了解、だけど正子、ここでの恋は、絶対にご法度だよ。

こんな所で、人など好きになってどうするの、自分がつらいだけよ、そのつらい分だけまた相手も苦しむわ、だめだめ止めときなさいよ。絶対にだめよ、と私は声に出して叫びそうになった。

衛生伍長の方に目をうつすと、ふっと目をそらせた。これは瞬きする程の間であったが、男と女の間に流れたプラスと、マイナスの電流にうたれた。口を噤んだ私はそれからゆっくりと、伍長殿に顔を向けて、

「伍長殿、先日は広瀬さんの事で、わざわざ連絡にきていただいて、ありがとうございました」

「……」

「広瀬さんもつらいだろうと思って、早く来たかったのですが、自分にも一口には話せない程、いろいろの事があり、遅くなりました。すみませんでした」

正子にも聞かせるように、はっきりと言った。

「なにか出て来られない理由が、あるのだろうと、広瀬さんも言っていたのです」

「そうですか、その様に分かって貰えるとうれしいけど」

正子は身じろぎもせず、黙って上を向いたまま目をとじていたが、涙が一筋ながれていた。

伍長は「じゃあ自分は」と、どちらにともなく言って出て行ったが、正子は微かにうなずいたようであった。あんなに話したいことが一杯あったのに、今は話すことがなにもない。どうして、どうして？　と私の心は鉛のように重くなっていった。

猪原さんが「もういいかい」と、いたずらっぽい顔で、戻ってきたので小声で「まぁだだよ」と言うと、猪原さんは真顔で、「あらぁ早かった？　堪忍な」と言った。その言い回しがとても可愛くて、私と正子の笑いを誘い、心がちょっぴり軽くなる。

「そいで具合はどうなの」

「おかげさんでもうええねん」

「そう、よかったねぇ命拾いやねぇ」

「よかったかどうか、ようわからへん」

「なに言うてんのこのお娘は、阿呆やなぁ」

「そうや、うちはなぁ阿呆なんや」

「正子、そんなにつっかからないでよ、うちかて大変だったんやから」

そばから猪原さんが、

「そうよ尾崎さんも、大変だったんですよ、なにしろ外出許可がでなくてね」

「そやからうちは誰も恨んでえしません。こんな所で病気になったのが、運の尽きやと思てます」

「運の尽きだなんて、そんな言いかたはおかしいよ、先日班長殿も言ってたけど、良い軍医殿に会えたことで、命拾いをしたことを喜ばんと」

だが正子は固い表情のままだった。

何か一言いわなければ、という気持と、言ってはいけないという気持ちが、頭の中で渦まいて、二人の間の空気が淀んだ。

「正子、今日は出がけに、がたがたしてしまって遅くなったから、今度はすこし手廻しよくして、はやく来るわ」

「ありがとう」

「じゃぁ気をつけてね」

意識しないのに、いつの間にかお互いの言葉に、大阪弁のあのニュアンスが消えて、ぞくぞくとするような、淋しさが私を包んだ。あの無表情の正子が流した、一筋の涙はなんだろうか？

心なしか猪原さんも、元気なく黙ったままで付いてくる。気をとりなおして、

「猪原さんごめんね、なんだか今日は広瀬さんの機嫌が悪く、あまり話も出来なかったから、つまらなかったでしょう」

「うぅん病人だから仕方ないですよ」

「王府井《ワンフーチン》に行ってみる……」

「久し振りに外にでたから、つかれたわ」

「我々籠の鳥は、おとなしく軍務に精励していた方が無難ね」

野戦病院外のアカシアの下で小孩が「交換、交換」と焼栗を持って、近づいてきた。

そうだせめて猪原さんと、栗でも食べようかと懐に手を入れると、小孩は手を振って「交換、交換」と私の持っている木綿の風呂敷を指さした。

駄目と首をふったが、可愛く笑いながら、汚れた手で風呂敷をにぎる。そのよごれた小さい手がいとおしくて、包を解いて渡すと「謝々」とニッコリして首に巻いてみせた。

猪原さんと二人で、栗をハンケチに包み、上着の内側の小物入れまで、ふくらませてカチカチと歯

で皮を割り、唇を真黒くしながら、それでもなんとなく、小孩に出会ったことで、気持ちが明るくなっていた。猪原さんは意識してかしないでか、他愛の無いことを面白可笑しくよく喋り、私も声をあげて笑いながら歩いた。

衛兵所の前で、伍長が顔を覗かせながら、

「おい、早かったなぁ、広瀬はどうした」

「はい、割合に元気でした」

「そうか、それは良かった……しかしなあ、あいつも意地が悪いよなぁ」

伍長がどういう気持ちで、言っているのか量りかねて、私は黙ったままで、それとなく他の兵隊の顔をみたが、兵隊は聞こえない振りをしていた。

聞かれもしないことに、うかうかと口をださないのが兵隊の不文律の掟だから。

普段であればわざわざ帰って来た報告など大尉殿にしに行くこともないのだが、もうこれ以上のごたごたをしたくないと思い、大尉の部屋を叩いて声をかけた。

「誰か?」

「尾崎であります」

「よしわかった。帰ってよし」

「ハイ帰ります。ありがとうございました」

一人の女の子として割合に自由に育ってきた私は、悔しくてならない。泣くまいとしても涙がこぼれる。何のために自分はこんな所で今までなんの縁もゆかりも無かった人に「すみません、すみません」と謝らねばならないのか？

（母さん、母さん……うちなぁもう嫌や）涙のむこうに母の悲しい顔がみえた。（そんなこと言うたら、母さんも辛いよ、クヨクヨしたら身体しまうわ、母さんなぁそれが一番心配や）

（お前がどうかしたら、母さんもつろうて生きていられへんよ、頑張らなあかん。母さんえの孝行やと思うて、体を大事にしてや）弱々しい母の声が聞こえる。

溢れる涙を振り払うようにして、舎外の洗濯場に走り、手押ポンプをガチャガチャ鳴らしながら顔を洗った。

隊長殿の言われるように、いらいらしてもしかたがないから、正子のことは考えないことにしよう。そうしないと自分自身の身体がもたないょ、と自分の心に言い聞かせた。

ところが次の土曜日に、勤務を終えて宿舎の衛兵所をくぐると、猪原さんが前方にそっと立っていた。駆け足で近づいて、

「どうしたの」

「広瀬さんが帰ってるわ」

「帰ってる？」

「そう、帰ってるわ」

「うーん、どうしたんだろう」

「……」

二人で小走りに走りながら、

「元気そうだった？」

「まだ私もまともには会ってないのよ」

内務班の前に来ると猪原さんは、じゃあと軽く手を上げて、自分の内務班に行ってしまった。つかつかと室にはいって、いきなり正子に、

「どうしたの」

「軍医殿から、退院の許可がでたから」

「馬鹿ねぇ、そんなこと聞いてるんじゃあないわ、どうしてこんな状態で許可がでたのかと聞いているのよ」

「そんなこと自分にきいてもわからないわ、ここは自分の意思ではどうにもならない所だということを貴女が一番よく知ってるでしょう」

今日の正子はいつものように、後には引かなかった。

「夕飯はどうしたの」

「誰かがもって来てくれたけど」

正子は話をするのも面倒な様子であった。

いま話をして、問い詰めたところで何になろうか？　今日はお互いに、しずかにしていた方がいいなぁ、と思いなおして、

「今日は貴女も疲れただろうが、うちもなんとのうしんどいのよ、それに正子と同じでなぁ食事も不味いんや」

「そう、食べんとあかんなぁ」

「なに言うてんのこの御娘《おこ》は、自分が食べんといてよう言うなぁ」

二人は顔を見合わせて、やっと小さく笑った。しばらく振りの正子の笑顔は私の心をほのぼのとした。

「ねえ、小さいおにぎり作ろうか」

「そうやねぇ、おにぎりなら食べるわ」

「こら！　上官に向かってなんちゅう口のきき方をするか！」

「おおこわいこわい、いつの間にか誰かさんの口真似がそんなに上手になって」

「そうやなぁ、あの好かん蛸の言うことも、毎日のように聞いていると、口調が移るんやから嫌やね

え」

二人はまた肩をすぼめて、ニッと笑った。

そして私はおにぎりを作るために、炊事場に塩を貰いにいくと兵隊が、広瀬さんは七分粥ということになっているのだから高粱のにぎり飯など食わしたら軍医殿からビンタですよと言う。

正子はそんなことはなんにも言っていなかったけれど、と言うと、まあ戦友にも言いたくないことも、あるだろうからなどと、もって回ったような言いかたをした。

またしても私の心のなかを、かすかな隙間風が通っていった。私は深いため息とともにつぶやいた。

(良い悪いの問題じゃないのよ、不幸を招くだけだから)。

だが実直そうな伍長殿の顔を思い浮かべながら、正子がそこはかとない好意を寄せる気持ちがわかるような気もした。


恋、恋、恋とは一体なんだろうか? 実体があるようで、ないようで、つかみどころがないもののようだが、その掴みどころがないもののために人はしばしば懊悩する。

勿論恋とは、男と女の間だけのことではない。古来から父を恋い母を恋う、または子を恋う歌は数かぎりなくある。だが二十歳過ぎの私と正子の考える恋とは、やはり男と女の恋であろう。男女の間では貴女の為なら死んでもいいと言い、貴男さえいればなにもいらないと言う。だがほんとうにそうであろうか？

掴んだと思っても、実体のない陽炎であるかもしれないのに……おたがいの心を、または己の心を錯覚する。


炊事場の兵から、紙の切れっ端にちょっと塩をもらい、高粱の入ったにぎり飯をつくり、中には〝肥後の守〟という小刀で、沢庵を細く刻んでいれた。


「食べよう」

「うん、おおきに……そやけど尾崎さんはおにぎり上手やねぇ」

「梅干しがないから、日の丸弁当にはならんけど、沢庵だから同じようなもんよ」

だが正子は一人分の、どんぶり飯からつくった、鶏卵程のにぎりめしの一つを、おちょぼ口をしながら、やっと飲み込んでいた。それを横目で冷たくみながら、「正子、うちをごまかそうと思っても、あかんなぁ……うちも具合がわるいから、ようわかるんや、無理して食べているのがなぁ」

「しばらく寝てたから、胃が働かんのよ」

「それもあるが……練兵休は貰えても三日位よ、そのあとどうするの」

「軍医殿は二、三日のうちに、兵站病院にまわすかも知れないと言うてはったけど」

「そう……軍医殿も、まわりくどいことをしやはるなぁ、なんでやろ」

黙って足元をみていた正子は、ぽつんと、

「尾崎さんの言うことは、いつも厳しすぎて、うちらはなんにも言われへんわ」

「堪忍な、でもねぇ厳しい言うたかて悪気やないんよ、心配しているんやから」

「それはようわかるわ、でもねぇ、うちもそんなに言われると辛うて、どうしていいのかわからへんわ」

「うん、今日は早く寝ようよ、明日は休みやからゆっくりできるわ」

休みだからとて昼まで寝ることなどできる筈もないが、なぜか解放感があって、一寸うれしかった。

二人は今まで通りに、隣同士の藁布団にもぐり込んだ。何事もなかったように。

私はしきりに母が恋しかった。こんなふうに、心に隙間風がふくようなときは、母に必ず問いかけた。（母さん、母さん）と呼びかけると、不思議に心がなごむ。

（恋ってなんだろうねぇ）と問うてみたくなって、正子の枕の方をみたが、正子は毛布を頭からすっぽり被っていた。

明日はちょっと気取って、恋愛について正子と議論してみたいなぁ、う―ん、万葉時代の恋、だめだめ、やはり現代の恋がいいなぁ、私はいつか深く眠っていった。

夜明けのまどろみの中で、正子の声をうとうとと聞き、（やっぱり正子は帰ってきたんだ）と、そのまどろみの心地よさから、なかなか離れられなかった。

「起きようよ」

「なに言うてんの、病人は起きんかてええ」

「そやかて……」

「当番がストーブをつけてくれるし、飯上げはうちがするし、病人さんがする事は何もおまへん」

そのうちにも私は起き上がって、すばやく身支度した。久し振りに私物の絣のモンペをはくと、かすかに母のにおいがして、私はそのやさしさにつつまれた。

畳一枚程の藁布団の上に、上掛毛布をきちんと畳んで重ね、私物の包を置くと、残る広さは半畳だが、それはそれなりに使いこなして、さほど不便は感じないから不思議だ。

飯上げに行く前に、そのスペースの中でそっと髪をとかす。回りに髪の毛を落とさないように、お互いに気を配りながら……

そんな狭いところで、なぜ飯上げ前に髪をとかすかというと、炊事班は、男の世界だからだ。

私の知るかぎりでは、炊事班にやさ男はいなくて、ゴム長靴にゴムの前掛けがよく似合い、粋でたくましかった。そのたくましい男の集団の中に、寝乱れのモジャモジャ頭では、とうてい行く勇気がなかったからだ。

二人は食欲のないまま、口だけはお喋りのためによく動かし、そしてクックとしのび笑いをしながら朝飯を終えた。

ホッとしたころ、食罐返納に行った当番が、やや緊張した顔で戻ってきた。

「昨夜、脱柵があったんだって」

「えっ！　脱柵、誰が？」

「名前は知りません」

「うーん」

「普段はおとなしい人ですって」

私の頭に国立大学出の、色白の子供のように可愛いい兵長の顔が浮かんだ。

（兵長殿、そんな事したらあかんなぁ、親が可哀そうや……でも仕方無いなぁ、なってしもうたんやから、捕まらんようにして、とことん逃げなあかんなぁ）

捕まったらどうなるか？　私は身の毛がよだつような気がして、兵長殿捕まるんじゃあないよ……親がなげくよ、とつぶやいた。

一人の兵の逃亡は、重大問題であった。途中で捕まっても、また逃げおうせても、門前の虎、後方の狼さながらである。上官も巻きぞえになるのは、当然のことであった。正子は乾いた声で、ポツンと呟いた。

「えらい事やなぁ」

「うーん可哀そうなことになったねぇ、でも逃げ切らなあかんわ、乗りかかった船やからね」

「その人知ってるの」

「いや知ってるわけじゃあないけど……多分あの人だと思うのよ……反戦主義者と言う程の人ではないけれど」


時々隊長のところに、連絡にくる兵長がいた。ある日隊長の留守にきたその人は、

「隊長殿がここで待て、とのことですから少し待たせていただきます」

まっすぐに顔をあげて、私をみて言ったその人の顔は若者らしく、かすかなはじらいをみせて上気していた。（いい感じだな）と私もかすかに会釈して、椅子をすすめた。

幾度か顔を合わせるうちに、どちらからともなく、ときどき声をかけるようになり、

「兵長殿はどうして甲幹の志願をしないの？」

「どうしてと言うわけではないが……しいて言うならば自分は幹部なんて柄ではないからですよ」

「聞くところでは、国立大なんでしょう」

「国立だから幹部が似合うとはかぎらないでしょう」

「でも末は博士か大臣かじゃないの」

「博士や大臣に憧れるわけではないが、今の世の中は自分の学問を大切に出来る時代ではありません

からね」

その時兵長の顔に、淋しさとも自嘲ともつかぬ、暗いかすかな笑いが浮かんでいた。

幹部候補生の志願をしない、ということが信条なら、それも一つの生き方だから、それはそれでがんばってね、といいつつ心でふっと、要するに戦争が嫌なのねとつぶやいていた。

そして突然に、（兵長殿、近くで未練がましくうろうろしてたらあかんよ、絶対逃げきるのよ）と私自身がびっくりするようなことを考えていた。あとに残った上官や同僚にも、大なり小なりの迷惑はかかるが、まさか死刑にはならないでしょうから大丈夫よと。


（当時は入隊後に学歴に応じて、甲種幹部候補生と、乙種幹部候補生という制度があり、それに志願をすれば選考の上、将官と下士官への早い昇進の道があった）

憂鬱な気持ちを払うように、正子に向い、

「天気がいいから少し洗濯するわ、下着でもだしなさいよ」

「おおきに、でもなぁ無いんや」

「うーん、入院してた人が洗濯物ないの」

正子が黙っているので、

「あぁしんきくさいなぁ」

と一言いって洗濯場に行き、冷たい水に洗濯ものをひたした。硬水のため石鹸は石のように固くなり、そのころ開発された〝スフ〟と呼んだ布は、ごわごわと手に当たって揉むことも出来なかった。

ふっと見ると、正子がお腹を抱えるようにして、ゆっくりと歩いてくる。

「お腹を切ったわけでもないのに、なんでお腹をかかえて歩くの」

「ほんまやなぁ、おかしいんよお腹を抑えんと、頼りなうて歩かれへんのよ」

「そぅ、まだ力がないんやねぇ」

正子は近々と顔をよせ、真顔で囁いた。

「また大変な事が出来たわ」

「なに……」

「権藤曹長殿が引っ張られたって……」

「えっ、脱柵の話とは違うのね」

「違う違う、曹長殿は昨夜おそく、酒をのんで帰って来たらしいんだけど、今朝はやく苦力のような男がきて、何か紙切れをみせて怒っていたんですって」

「権藤曹長って司令部付なの」

「そうらしいわ、それでその男の言うには、この男が妻を犯したと」

「じゃあその太太《タイタイ》の掌櫃《ジャングェ》（夫）なのね、なんで権藤曹長だと、分かったのかしらね」

「文句があれば、司令部に来いと、メモをおいてきたんですって」

「おお嫌だ嫌だ」

「そんな人に見えないらしいけど」

「見える、見えないの問題じゃあないわ」

「戦争の最中に立場を利用して、太太（妻）を犯すなんて許せないわ、ねぇそう思うでしょう……。拘引されて当然よ」

私の潔癖なまでの気持ちは、吐き気がする程に昂り、また眩暈におそわれた。


あぁあ、つまらない。心をはずませて待った一日だけれど、気の重い一日になった。

三時過ぎにやっと二人は、藁布団の自分の城に寝そべった。向こうの隅に二人ほどひそひそと、なにか話しているのを目のうちに入れながら、小声で正子に問いかけた。

「ねぇ聞きにくい事なんだけど、貴女と衛生班長殿のことが、評判になってるの知ってる？」

「多分いろいろと言われているだろうと思ってはいるけど、どの程度に言われているかは知らないわ」

「そうねぇ、私にも誰も話してくれないが、時々炊事場で兵隊が貴女の名前を……」

「そうでしょうねぇ、炊事班はいつも情報の受信局だし、また発信局だからねぇ」

正子は淋しく笑い、私は黙ってうなずいた。突然に正子は、持ち前の大きな目からポトポトと涙をこぼした。

「なぁ尾崎さん、貴女もバージンでしょうけど、うちかて正真正銘バージンなんよ、うちがどんな思いで御不の（大小便）世話をしてもろうたか、誰にもわからへんやろうなぁ」

「ごめんな、うちもそれを心配してたんや、どうしているかて……」

「たとえ心配してくれはっても、うちのこの深いつらさはわからへんわ」

正子は私を突き放すように言いきった。

「うちは初めは、舌をかんで死にたいと思うたわ、でも人間ってそう簡単には死ねないもんや、何に未練があるのか考えても分からんかったけど……」

「……」

「軍医殿も気ぃつこうてくれはるし、班長殿も気の毒なくらいに……」

そこまで言って正子は涙にむせった。

「班長殿は自分には気を使わんでいいんですよといって、私の世話をしてくれたけれど、自身は上にいじめられてね」

「上って？」

「軍曹とか曹長の意地のわるいのに」

「どういうことで」

「たとえば、お前はええ役得やなぁ、俺も女の尻が拝めるような上等の仕事がしてぇや、とか」

「うーん」

「うちはなぁ、自分自身のことやから、なんと野次られようが、がまんするのは当たり前だけど、班長殿が気の毒で……」

軍医の配慮もあったのだろうが、正子の世話は昼夜とも、出張した班長一人であったと言う。

「女っ気のないとこやからいろいろと、煩さかったんやろうねぇ」

「軍医殿も気ぃつこうてくれて、男は男の、女は女の道具を、神仏が具えてくれているのだから、そんなことで恥ずかしがることもないし、またぐずぐず言う奴がいたら軍医に言ってこい、俺がどなりつけてやるなんて、冗談まじりに言ってくれはったけど、現実にはねぇそんなわけにはいかへんわ」

「そうやねぇ」

「でも全く、御不の世話をして貰うたのは一昼夜で、あとはベッドの下に降りるのを助けて貰うたりやけど、夜中も外套を着たままで、部屋の隅で仮眠している姿を見ていたら、なんでやわからんけど、この人となら一緒に死ねるかなぁと思えてきたんよ」

うーん、分かるわかる、それはきっと恋。

「正子、それはやっぱり恋や」

「それはわからへんわ、まだ知り合って日も浅いし」

「いやだぁ、日数なんてどうでもええんと違うかなぁ、ほらよくみんな言うやんか、恋は一目で火花を散らすって」

フッフと正子は小さく笑った。

正子が笑ったので、私も少し浮き浮きと、

「想う人があるってええなぁ、うらやましいわ」

「おうちはほんまにいてへんの」

「あたり前や、そんなんいてたらなぁ、こんな所でウロウロしてまへん」

まだなんとなく、潤んだような正子の目をのぞきながら、

「さっき、舌をかんで死にたいと思ったと言ったけれど、どんなにつろうても死んだらなにも残らんのよ」

「……」

「人を好きになって、いちいち死んでいたら命がいくらあっても足りんからね」

「そやけどここは軍営、つらい処や、どうにもならんことが沢山あるわ」

「だからうちが言うたでしょう。ここでは絶対に人を好きになったらあかんって」

「でも考えてみると、人を好きになるってことは理屈じゃあないんよ」

「どかーんと瞬間の火花ね」

私はおどけて、手をひろげ花火の炸裂するふりをしてみせたが、瞬間では困るのよと、つぶやきな

がら、正子は両手で下腹部を抑えたまま、目をつぶっていたが、突然低く呻くように、

「岡田嘉子とあの人はどなんなったの」

「あぁ雪の国境をこえた人ね、どうなったんやろう？　知らんわ」

「その勇気がうらやましいと思えへん」

「愛は雪原に燃えてなんて、とてもロマンチックで自分達をワクワクさせるけれど、所詮は親泣かせよね」

「そうかなぁ」

「そうよ、お芝居でみる『吉野山雪の別れ』など、雪の道行は景色としてはええわよ、でもねぇ、待ってるものは死ぬことだけでしょう。そんなんあほらしいわ」

「……」

「国境をこえてからどうなるか、だれもわからへんし、だいいち駆け落ちしたかて、せえへんかて、たいして変わりあれへんのと違う？　自分たちとちがって、何度も恋の経験のある大人やんか」

「ほんま言うてうちらの場合、好きなのかどうか、ほんとうのところは分からへんわ」

「なに？　班長殿の気持ちがわからんの」

「それもあるけど、うち自身の気持ちもわからへんのよ」

「本当に好きなのか、それとも感謝の気持ちなのか、わからんと言うの……」

「うん、そうなんやけど…でもねぇすこし来る時間が遅いと、とても気になるし」

「やっぱりそれは恋や…班長も周りがうるさいから潜水艦やわ、じーっと水面下にもぐって我慢してるんや」

どちらからともなく二人は小声で歌った。

狭い銀座のたそがれも
　二人歩けば花の園
　　あぁ恋のよるー恋の夜

その時の正子は、女らしいはじらいの色をみせて、幸せそうであった。

あくる日もその次の日も、正子には軍医の方からは、なんの連絡もないようだったが、私は相変わらずの顔で出勤していた。

三日目の朝、正子は傍にきて、

「うちなぁ、入室の扱いなんだって」

「入室？　ええやないの、軍医の計らいやね」

正子はこっくんとうなづいた。

「でもチョッピリ淋しいんじゃあないの」

正子は下唇を、少し前に突き出すようにして口を心持ち、への字にまげてわらった。

数日は何事もなくすぎたが、ある日勤務中に鈴本雇員から合図がきた。

「地図庫に一緒に来てほしいんだ」

「いつ?」

「いますぐだ」

「わかりました。すぐ行きます」

誤解を招かないように、私はわざと大声で「鈴本雇員と地図庫に行ってきます」と言い、雇員は片目をつぶって笑った。

二人は鍵の束を、カチャカチャ鳴らしながら地図庫へ向かってあるいた。

「なんの話」

「じつはあの班長が殴られたと言う話だ」

「あの班長って?」

「衛生伍長だよ」

「うーん、あのおとなしい班長がねぇ、だれに? どうして?」

私はなにか胸騒ぎがして、矢つぎばやにたたみ込んで聞きかえした。

鈴本雇員は、大きく息を吸うようにして、

「この前、たしか陸軍記念日だったと思うんだが、大隊長が訓示したんだそうだ」
「そう、どんな訓示なんでしょうね」
「だいたい訓示なんてものは、どれもこれも似たりよったりのもんだよ」
「だってその訓示が、なんとか問題になったんでしょう」
「そうなんだよ、馬鹿な話さ」
「なんなの、まさか正子のことがからんでいるんじゃあないでしょうね」
「直接に正子のことではないのだが、それに関連しているんだ」
「……」
「隊長曰く、軍隊とは男ばかりの集団であったが、戦局が重大になるにつれて、女子もきびしい戦力の担い手として、この部隊で働いてくれていることを、常日頃感謝している」
「まあそこまでは普通なんだが、ちょっと隊長も言葉を切って、言うことを選んでいたらしいが、突然に男女の中はえてして難しいものだから、部隊の中でいい伴侶を見つけたら、陰でこそこそせずに、申し出るようにと言ったんだそうだ」
「それはまた、どういう事なんやろ」
「その判断が難しいところだったんだよ」
「だけどそれ、何大隊の隊長なの」

鈴本雇員はその名前を言ったが、割合に評判のいい隊長であった。

「その人なら小細工ではなく、本当にそのつもりで言われたんでしょうねぇ」

「そう思うけれど、申し出たからとてどうなるものでもなし、つまるところは迷わすだけだよ」

「そうやなー、戦地で営外居住になれるわけやないしなぁ」


私はこの話を正子には聞かせたくないと思った。直接に関係はなくとも、聞けばいろいろと憶測するであろうし、折角落ちつきかかっている気持ちを、また波立たせるのは可哀そうだからと。

だがその後に、鈴本雇員の口をついて出た言葉に、私は頭をガァーンとなぐられた。

「訓示は訓示でたいして問題になったわけではないが、その後がちょっとまずかったんだ」

「何が?」

「何を考えたのか衛生伍長が、自分の上官に申し出たと言うんだ」

「なんでまたそんな阿呆な……」

「恋は盲目ということさ」

「それにしてもどんな事を言うたんかなぁ」

「噂では、自分にも想う人がいるが、霞のなかでお互いが手探りをしているような今の状態では、任務に支障をきたしかねないから女性の方を除隊させて、内地に送り帰すようにしてほしいと、嘆願書のようなものを出したと言うんだ」

「ほんまかなぁ、あの思慮ぶかそうな人が」

「まんざらの嘘ではないと思うよ」

「正子は知らんでしょうね」

「まあ恐らくそうだろうな」

「それで結局はだれになぐられたの」

「勿論中隊長だよ」

「まさか、いきなりじゃないでしょう」

「中隊長は貴様！　此処をどこだと心得ておるのか？　少なくともここは戦地だ、まさか戦地へ女を探しに、来たわけではないだろうと、ビンタがとんだそうだ」

話を聞いた私は、深く溜息をつきつつ、

「あかんなぁ、まずいなぁ、どうしたらええんかなぁ、まずいよねぇ」

とただ繰り返していた。

伍長殿としては、いいかげんな噂になるよりはすっきりしたものにしたいと思ったのであろうが、大きな軍隊という組織の中で、自分の考えなど通るはずもない。

正子がこのことを知ったのは、おおよそ十日程してからであった。いやそれよりも早くに知ったか

どうか正確にはわからないが、二人で遅い夕飯を内務班で食べている時、ふっとまわりを見回しながら、

「尾崎さんはうちに、隠してはったんやな」

とぽつんと言った。私はあわてて、

「伍長殿のことね、故意に隠したわけではないけど、自分の口からはなんやつろうて言われんかったんよ」

　正子は唇をかんでうつむいたままで、

「やっぱりここでは、尾崎さんの言うように、人を好きになってはあかんのやね」

「あかんのやのうて、好きになってもどうにもならんからねぇ」

「前にも言うたように、うちらは手も握り合うたこともないし、こんなん恋って言えるんやろうか？　悲しいよねぇ」

「あんたの辛さ、ようわかるわ」

「あぁもう死にとうなってきたわ」

　その言葉は私の胸をつきさした。

「正子、はじめから死ぬことばかりを考える恋なんて、あほらしいとうちが言うてるでしょう」

「おうち（あなた）にはわからへんわ」

正子の言葉に私は反射的に叫んだ。

「馬鹿にせんといて！　うちにかて抱き合うて死にたい程の人があるわ」

一瞬正子は、紅潮した顔で私を見た。

正子の驚く顔を、ゆっくりとみながら、

「大隊長は大きな気持ちで、好きな人がいれば云々と言うたでしょうが、申し出を受けた中隊長もまた、自分の立場もあるだろうし、この大きい組織のなかで誰がどうとは言えないでしょう。嘆いたり恨んだりすると総てが嫌になって死にたい死にたいとなるのよ、死んでどうするの？　閻魔様の前でお願いするの」

「……」

「閻魔の庁の方が、もっと厳しいかも知れへんし、第一うちが気にいらんのは、自分が辛いからとて相手までひっぱりこんで死なせることよ」

「……」

「うちの恋はおそらく片想いだと思うわ、でもそれでもいいの、その人に生きていてほしいから、うちは耐えるの」

私の胸の中を、秘めた人の影がよぎった。

その後しばらくして、正子もどうやら回復して任務につきはじめたが、さして何かを考えている様子もみえず、落ち着いてきたように思っていた。

お互いに口数だけは少なくなっていたが、二人は特に任務に支障がないかぎり、夕飯は一緒にすることにしていた。だが正子がどのようにして伍長殿と連絡をしているのかわからなかったが、ある時

「なぁ尾崎さん、特別警備隊が転進すると言う話はほんとうなの」

「そんなこと、私の口からはいわれへんわ」

「うちは情報だからね、私にひっかけて聞きだすようなことはあかんわ」

情報隊は自分の知りえた情報を、隊員以外の人に漏らさない。これもまた一つの任務であった。私は正子が何でそのようなことを知りたいのかとふっと思った。

そんな話があってから間もなく、新しい部隊編成が行われた。新しい任地は天津と山海関を結ぶ鉄道の、中間の要地であり、また華北最大の埋蔵量を誇る、石炭の採掘で有名な「唐山」と呼ぶ街であった。

私達女子軍属は一様にあーぁと溜め息をついた。当時「世界に誇る公園」といわれていた北京から、石炭の街に移るとはと嘆いた。

その一方で兵達の間には、ほっとした空気がながれた。南方か、日本本土か、との憶測がはずれて、まずは安定した場所に行けると言うことに、安堵したのであろう。

その慌ただしい移動準備のなかで、どの部隊の女子軍属にも交代で、十時から五時まで外出が許可

された。(但し必ず二人以上であること。単独行動は厳禁)という通達であった。一緒にお願いねと、正子は胸の前で、手を合わせるようにして頼んだ。

外出をゆるされた当日、二人は早めに衛兵所にきて十時になるのを待った。班長は顔見知りの真壁曹長であった。

「今日は二人揃って外出か? こんな事はもう二度とはないぞ、ゆっくり遊んでこい」

「ハイ」

「青春の思い出も、みんなここに埋めて、唐山に行ったらまた頑張ろうな」

「ハイ」と答えながら、何気なく正子の方を見ると、少し青白い顔が泣きだしそうにゆがんでいた。

門の外に出てから、まず王府井という東京の銀座通りのようなところを、ぶらぶらしたが、正子はあまり店を覗く様子もなく、むしろ先を急いでいるようであった。

道々カボチャの種や、西瓜の種をかじりお昼の代わりに、饅頭を頬張りながら歩いた。姑娘々々と洋車が、愛想笑いを浮かべながら何人も寄ってきた。

行先は正子にまかせて、正子の言う儘についてあるいたが、正子は突然に、

「尾崎さんはこの前、好きな人があると言うたけど、あれほんまの事なん」

「あぁほんまの事よ、でもねうちは死ぬのは嫌やから、絶対に顔には出さへんわ」

「つよいなぁ」

「そうよ、死んではつまらんでしょう。だからさきほど曹長殿が言うたように、正子も此処でのことは忘れて、つよう生きんとあかんわ」

「……」

「勿論昔から、死ぬ死ぬという人に死んだ試しはないと言うからうちは安心してるけど、でもがんばってな」

それにたいして、正子は無言であったがやがてぽつんと、十四時頃までに北海公園《ペーハイ》に行きたいと言った。二人は洋車に並んで腰を下ろし北海公園にいそいだ。

北海公園につくと、紙切りを商売にする人達が、似顔の切り抜きをさせろと、しつこくよってきたので立ち止ると、

「尾崎さん、ちょっと切って貰っててね、うちはそこの御不にいってくるわ」

「そう」

「そして紙切りが終わったら、公館の中に卓球台があるからそこに行ってて」

私達はただ「公館」とよんでいたが、戦前はどこかの国の建物であったらしい。

私は言われる儘に、卓球台に行き一人で球を打って遊んでいたが、ふと気がつくと正子が厠に行ってから、かなりの時間が経っていた。それと気づいて私の胸は早鐘をうった。

「正子、正子」と私は狂ったように駆けまわったが、返事はない。時計はすでに十六時になろうとし

ていた。私は掠れ声で叫んだ。

「どうしてそんな殺生なことするの！」

これ以上、ぐずぐずしてはいられない。私は洋車をさがしに走る途中、司令部の将校に「連れはどうした」と咎められ、かいつまんで事情を話したが、心の中では、

（伍長殿、早く早く遠くに逃げて、正子死なないで！）と叫んでいた。

ふらふらになって、衛兵所に辿り着いた私に真壁曹長は「なんてどじな事をしたんだ」と怒鳴ったが、そんな事はなんとも感じなかった。死なないで、死なないで、と言いながら二人の死は、確実なものとして私の全身が受け止めていた。

憲兵の捜索により、二人が発見されたのは二時間程後であったが、憲兵も取調べも必要がなかった。二人は身なりを整えて、拳銃はこめかみを撃ち抜き、こと切れていた。正子はきちんと膝をそろえて、紐で縛っていたという。

北海《ペーハイ》公園を静かに残照が包んでいった。

野戦病院の残照

華北唐山市郊外にある野戦病院の一室、藁布団を敷いた寝台の上で、熊野は今朝もけだるく目が覚めた。〝今日も調子がよくないなぁ〟とつぶやきつつ手鏡に顔を写してみた。病的にまんまるくふくれていた顔が、いくぶん小さくはなってはいたが調子は快くない。しかし少しずつは快くなっているのであろうと自己暗示した。


半月程前に上司の曹長に、身体の不調を訴えて医務室に行かせて欲しいと言うと、

「どんなふうに悪いのか」

「なんとなく」

「なんとなくじゃ駄目だ、この暑さだからなぁみんな参っているんだ」

「ですけど曹長殿、ほんとうに悪いんです」

「嘘だと言っているんじゃないよ、しかしだなぁ、お前はまだ准尉殿の事にこだわっているんだろう」

「別にそんなことありません」

そう言いつつも熊野《ゆや》はたしかにあの痛ましい事件以来、極度に心身が疲労していた。あの事件とは一ヶ月ほど前に、上司の暴言に堪忍袋の緒を切った准尉が、少尉に日本刀で切りかかり、軍法会議に

かけられるという大事件であった。

机に戻り男子軍属の鈴本雇員に、医務室に行ってくると小声でいうと、雇員は立ち上がり、

「地図庫に行くのなら自分も行きますよ、一人じゃあちょっと探すの大変ですから」

と地図庫の鍵を持って片目をつぶり合図した。二人は歩調を合わせながら、

「地図庫だなんてよう云ったわね」

「仕方がないじゃないか、曹長とまともにぶつかるわけにもいかんだろう。強いて云えば好きなお方のためや」

「おおきにありがとう。でもうちはねぇ軍隊に入ってからは〝人を好きになる〟という感情は忘れたんや……みじめやもんなぁ。ねぇそうでしょう。あのお人を好きになりました。そのお人は兵隊に行きました。名誉の戦死をしました。そしてまた一人になりました」

「……」

「ねぇそういう辛さをあじわいたくないの、わかるでしょう」

鈴本雇員は小さくうなずいた。事実熊野は自分が少しでも好意を持つ兵や軍属の傍には、意識的に近づかなかった。

鈴本雇員と地図庫の前でわかれ、医務室に行くと西田衛生伍長が関西弁で、

「どないにしやはりました」

と聞いた。この人は紀州の田辺の近くの出身で、その顔はいま梅干を食べてきたというような、クシャクシャの感じであったが、善良そうな様子が安心感を与えてくれた。

「身体がだるうてしんどいんですわ、それに足の甲やら脛がはれてますんや」熊野は下着の裾を上げて見せた。足をじっと見ていた伍長は、

「ほんまや……脚気と違うやろな？」

「伍長殿、脚気やなんて違いますわ。そんな上等な病気になる程のおいしい物は食べてませんわ。まいにち高粱の赤飯で、おまけに雑穀入りの五目飯やないの」

　突然に軍医の声が聞こえた。

「おい衛生兵、戸口でなにをぶつぶつ云っているか」

「ハイ女子軍属が診察を受けたいと申しております」

「吉田隊の女子軍属です。おねがいします」

「よし本人だけ入れ。衛生伍長は入らんでいい」

「ハイッ入ります」

　熊野が入ろうとすると、西田伍長は熊野の耳に口をつけて、

「軍医殿は地方では（軍籍でないとき）外科の医者でしたから、うっかり腹が痛いなどと云うとみな盲腸にして、腹を切られますから気いつけなあきまへんで」

関西弁ですこぶる真面目な顔で口早に云った。

ところが診察を受けたあくる朝、熊野の顔は紀州の手鞠唄のように、まんまるくふくれ上がり、たたけばポンポンと跳ね返る程であった。生まれつき細い目はほとんどあかず、「見えない、見えない」と、熊野はさわいだ。

三日程練兵休を与えられて、医務室の傍の小部屋に入ったが、練兵休では無理だと、急遽北京の陸軍病院に転送の手続きがとられた。しかしすでに敗戦の色は濃くなり、鉄道は連日の如く夜間爆破され、とても北京に移送出来る状態ではなく、熊野は女子が一人もいないこの野戦病院に移された。西田衛生伍長は熊野が可哀想だと何度もなげいた。

「わたしの娘も十四ですわ、女子衆の一人もいない病院に入るあんさんが可哀想でなぁ、大きい声では云われへんが、なんや戦争ももうあきまへんなぁ」

幸い熊野が入った野戦病院は最前線ではないから、一応の体裁は整っていたけれど、そのときに知り合った衛生兵に聞いてみた。

「衛生兵殿が一番つらい時ってどんな時ですか?」

「それは最前線で敵と遭遇して、戦闘になったときですね」

「……」

「普通、戦闘はどうしても本科の兵隊ですから、自分たちは少し後にさがっているのですがね」

「……」

「その戦闘が一応終わった時にねぇ〝衛生兵前へ〟と号令がかかり走り出る。つらいですねぇ……今まで元気よくしゃべり、走りまわっていた兵が……わかるでしょう。傷つきたおれ、そして動かない……」

「……」

「急ごしらえのなるべく平らな地面に、何人かの負傷者を寝かせて応急処置をする。それとて十分な医薬品や材料があるわけでなし……」

「赤十字の旗は……」

「勿論赤十字の旗は国際法で守られているけれど、そんなものはあてにならない。事実、病院船だって攻撃されているでしょう。それが戦争なんですよ」

「……」

「戦闘中はねぇ、あまり恐ろしいとは感じないんです。男としてと云うか、戦う兵隊としてか一発見舞われると、〝この野郎〟なんて頭に血がのぼるからね」

野戦病院に入った熊野が先ず困った事は、女子用の便所が無いということであった。この数年自己主張することも忘れ、何の為にこれをやるのか、などと考えることもなく、ひたすら上からの命令に忠実に黙って従い行動してきた。だがこの生理現象を満たすための〝便所〟が無いということだけはどうにもならず、ほとほと困りはてた。

熊野が女子軍属一期生として、中部軍航空情報隊に入ったときも、部隊は初めての女子の受入れに戸惑ったらしい。教育期間中は三日か四日に一度の帰宅許可があったが、その間の寝泊りは大阪城天守閣だった。あの天守閣の中でどの様にして便所が造られてあったのか、どうしても思い出せないのだが。

天守閣のコンクリートの床から十センチ程上げて板を渡し、その上にアンペラという植物で編んだものを敷き、藁布団と毛布にくるまって寝た。コンクリートの床はしんしんと冷え込んで、真冬の夜中は若い女子軍属といえども一度は小用に起きた。その時たまたま巡回の将校に出くわすと、小さな懐中電灯に浮かび上がる自分の姿が、とてもみじめに感じて嫌でたまらなかったのは何故だろうか。

教育期間が終わり天守閣を出ていよいよ宿舎に入った。宿舎といってもいままで居た兵隊が戦地に行ったあとを占領した古い兵舎である。七十歳前後の男ならほとんどの人が、経験したであろうあの薄い板で囲った建物である。

便所は大便の方はうすい戸板がついているが、小用の方は開放形というのか、前に板が斜めに打ちつけてあって、兵隊は一列にならんで用を足すのだが、女子はそのようなわけにはいかない。必然的に女子の小用はいつも閑古鳥で、数の少ない大便の方は大入り満員の盛況であった。

ある朝、部隊長間大佐は訓示のあとで、

「女子の入隊は初めてのことで、部隊長としても多少の戸惑いがある。どの様にしたらよりよい勤務体制がとれるか、なにかよい意見のある者は、各班長を通じ意見具申せよ」
と云われたので、みな一斉に便所の改善を申し出た、遠い記憶が甦った。

この野戦病院では全くの一人ぽっちの感じだが、それでいて便所に行くのは気が重い。中国では〝厠〟と書かれていたが、その中で人の気配がすると引き返してしまう。兵隊の方でもまんまるくふくらんだ女が、白衣で入って行くとびっくりするらしく、きょとんとした目で見ている。

特に熊野が気になったのは、生理がはじまったら、どうしようということであった。そのころは性の話など人様の前で、おおっぴらにすることは無かったし、同僚の間でもなるべくその日を、気づかれないように気をくばっていた。現在の様に品質のよい生理用品があるわけでなし、配給される分量も最小限であるから、ごく親しい友との間でもその貸し借りに苦慮した。それでもどうしても不足しそうな時は、一度使用したものの汚れを水に流して陰干しして、新しい品と重ねて使ったりして、女性であるが故の人知れぬ苦労があった。

この病院で生理が始まったらどう処理すればいいのか、何処に捨てたらよいのかと考えて、泣きたい程の思いにかられ、とてもこんな余計な心配をしていては、病気は快くならないと一大決心して、軍医大尉に〝厠〟の事を考えて欲しいと訴えた。

黙って聞いていた軍医大尉は女子の厠も必要だなぁと一言。余計なことはきかず、以後一ヶ所に女子専用の札がかけられ藁筵で仕切られた。

厠の問題もどうやら解決し、一週間程すぎた七月も下旬のある日の午後、

「おい、面会だ」

軍曹が病室の窓から声をかけた。この人は本科なのか衛生兵なのか知らないが、班長殿と呼んでいた。

「えっ自分にですか」

「そうだ、ここはお前一人しか居らんだろう」

ハイッと答えたが、だれだろうと戸惑いつつぼんやりした。班長はぶっきら棒に、

「おい、なにをぼんやりしている、早くせんか衛生伍長だ」

結局は下士官と女子軍属が室の中での面会は御法度なのであろうか？　前庭の小さな石の上に腰をかけて西田衛生伍長と会った。

「えろう心配しましたで……具合はどないです、少しは腫れが引きましたか」

「えぇおおきに、幾分ましですわ……そやけどこの暑さやし、どなになるんかわからしませんけど……なんや毎日がつろうてなぁ」

「わかりま……そやけどまだあんさんは、女子衆《おなごし》さんやからよろしいわ」

「なにいうてはりますの、女子衆やからこまりますねん」

「そうでっか、でもなぁ自分ら兵隊は下手に病気すると〝気合がたるんでいる〟と怒られますけど、隊長殿はあんさんのことえろう心配してまっせ……可哀想や云うて」

突然に熊野の腫れた目から涙がこぼれた。うれしかったのか、心細かったからか、涙は後から後からとめどなく流れた。

「隊長殿の言伝てですけど……あの娘はくそ真面目だから、病院にいても支那語の勉強かなんかを、せっせとやっているだろうが、支那語の勉強はもうせんでもええと……」

「……」

「いまからは英語の時代になるからとな……そしてもう一つ、病気が全快せんでもすこし力がついたら、なるべく早く部隊に帰してもらうようにと云うんです」

「えっ、なるべく早く帰るようにと……ですか?」

熊野はそのとき何故か自分の身体が、深い谷間に落ちて行くように感じた。それから伍長は熊野が知りたいであろう出来事をいろいろと話してくれたが耳にはいらなかった。話が終わると伍長は「隊長からです」と西瓜を一つおいて帰っていった。

隊長は幼年学校から陸士と軍人畑を歩いてきた人だけれど、無口で静かな人だった。隊長がわざわざ兵隊を公用でよこすとは？　ひょっとすると、部隊の移動があるのかも知れない。この情報隊は兵も軍属もともに長髪が多く、中国語の巧みな人が大勢いて、日夜わかたず情報の収集に「便衣」という中国服で出掛けていた。

熊野はその夜いろいろと考えて殆どねむれなかった。万一部隊が動くとなれば出先の人も急遽戻るのであろう。

ぐずぐずしてはいられない。北京、天津の陸軍病院ならともかく、ここに置いて行かれては後での合流もむずかしいのではないか？

その時点で一ヶ月たらずの後に、日本が無条件降伏するとは誰が想像できたであろうか。

この野戦病院に軍医や衛生兵が何人いるのか、また戦傷病者がどれ程いるのか、皆目わからない。とにかく病室から出ないのだから……。病室前の窓は高く窓際に立ってもせいぜい肩から上がでる位だから、窓の外を人が通るのだろうけれど、ほとんど顔は見えない。その頃中国大陸の建物は窓が小さく、高くて少ないのが普通であった。

後方の窓がまたぜんぜん面白くない。建物の壁から半間程はなれて石垣になっていて、そこに兵舎があるらしいが、病院の裏窓の庇が邪魔して上の様子が全然わからない。兵の巻脚絆の軍靴が慌しく行く時もあれば、下士官らしい袴下に古い軍靴の後の部分をとってしまい、スリッパの形にしたものをひっかけて、よたったように行く足もある。今日もまた足だけをみて、一日が終わるのかとうんざりしながら時計を見ると、十三時を少しまわったところであった。

その時熊野はふっといたずら心をおこした。そうだこの時間は安静時間だ。隊長に「早くかえって来い」と言われているのに、寝てばかりいては歩けないではないか？　退院命令が出ても歩けなくてはどうにもならないから、皆が安静にしているこの時間に歩く練習をしようと思い立った。熊野はそっと藁布団の上に起き上がり髪をなでつけた。しかし白衣で歩くのはしまらないし、やはり制服に着替えないとまずいなぁと考えた。

着替えをすべく寝台から降りると少し足元がふらついたが、白衣の紐を解いて半分脱ぎかけた形のままで下衣をはいた。

片肌脱ぎのままで藁布団の足元の方に、きちんと整理してあった上衣をとり、左肩を入れさらに右腕を肘のところまでいれた時、腕の真ん中あたりになんともいえない衝撃を感じ、あっと息をのんだ。

「しまった大変だ」一瞬身体が硬直して動かない。

動かないというより動けないのだ。頭が空回りして脱がねばならない上衣を脱ぐことをわすれた。だがすぐに我にかえった熊野は裏窓の石垣の上に向って金切り声を上げた。

「班長殿来て下さい！　班長殿、衛生兵を呼んで下さい！」

するとと数日前に西田伍長が来たとき、「おい、面会だ」とぶっきらぼうに告げてくれた軍曹が、腰を折るようにしてのぞき、熊野の取り乱しかたに「どうした?」と飛びおりて来たが、一瞬事情をのみこみ「なにをぐずぐずしているか! 早く脱ぐんだ」と怒鳴った。

「衿布は?」と問いつつ熊野の視線を追い、別の上衣と一緒に置いてあった衿布を取上げ「○○上等兵! 衛生兵はおらんか!」と怒鳴りながら上腕部を衿布で固く縛った(衿布は常は汗取りだが三角布になっていて、負傷の場合は止血や包帯になる)。

「衛生兵が遅い……おい、お前歩けるか」と肩に手をかけたが、熊野は立てなかった。

「立つんだ……ぐずぐずしていたらサソリは命とりになるぞ」

くるっと向けてくれた背中に縋ろうとしたとき、先程の上等兵であろうか、衛生兵と担架を持って走ってきた。上衣のない熊野はランニングシャツのような下着一枚だったが、「上衣をかけてやれ」という軍曹の声を遠くに聞きつつ、担架の中にたおれ込んだ。

軍医は担ぎこまれた熊野に、麻酔する暇がなかったのか、麻酔そのものがなかったか、そのまま腕の肉を削ぐような形でメスを入れた。熊野はただ「寒い、寒い」と声を上げてわめいていた。
二、三日して軍曹殿は窓から顔だけをみせて、
「どうだ、傷は」

「おおきに、疼くのがやっととまりました」熊野は口を突き出して苦笑いした。

「そうかよかった……サソリは見つからなかったが、そうとうな奴だったのだろう。軍医殿がいてよ

かったよ、俺などは大同の奥地で刺されて、自分の軍刀で削ぎとったんだが……今後はよくひっ振って着ろよ」
「ハイッ」
「弾で死ぬのも嫌だが、サソリで死ぬのはもっとみじめだよ」と爽やかな顔で笑った。

この野戦病院には風呂がない。七月初旬からの連日の暑さで熊野は首筋から背中にかけ汗疹だらけになってしまった。二、三日前に衛生伍長が隊長の使いで来てくれた時も、汗疹で困っていると云うと、女子衆さんが汗疹をこしらえては色気がおまへんと笑ったが、色気はともかくとして痒いのには閉口した。熊野は消灯後にこっそり起きて、厠のそばの手洗場で身体を拭くのがここ数日の夜の作業になっていた。

水の少ない北支で、水をふんだんに使うことはできないので、食事を配る兵に頼んで、昼間から小さいバケツに水をくんで太陽の温かみを楽しんだ。バケツをこっそり下げて手洗場に行く膨らんだ顔の、白衣の女の恰好がおかしくて一人でしのび笑いした。軍隊という処は変わった規則のあるところで、見回りの折りなどに不審を感じたら「誰か？」と三度誰何《すいか》して、返事がなければ射ってもよいことになっていた。

ある夜、熊野が上半身裸になっているところに、「誰か」ときた。大慌てで返事をする代わりにいそいで上衣を着ようとしたが、それより早く「誰か」と第二声がとぶ。ますます慌てて「ハイ自分です」と云ってしまった。

「馬鹿野郎、自分じゃあわからん、官姓名を云うんだ」

この病院では女は一人なのに〝意地の悪い下士官奴〟と腹が立ったが、射ち殺されては泣くにも泣けないから、官姓名を名乗りつつ筵のかげからでた。

「馬鹿野郎、こんな夜中にそんな所で何をしとったか？　びっくりしたぞ」

「申し訳ありません、自分もびっくりしました」

翌日衛生兵をつかまえて昨夜の顛末をはなすと、

「まさか本気で云うたんじゃあないですよ、脅かしたんですよ」

「脅かすというたってちょっとひどいわ」

「下士官殿も任務ですから」

「汗疹は風呂にはいればいいのだが、まだ許可にならないのですか？」

「許可になったたってドラム缶でしょう」

衛生兵はなにか思案しつつ黙ってしまった。だが翌朝昨日の衛生兵が傍にきて、

「軍医殿が一度風呂の支度をしてやれとのことですから、今日はバケツはなしです」

「えっ風呂の用意というてもどうするの、ドラム缶でしょう？　どうして入るの」

泣きべそをかいたが、真っ赤な太陽が地平線の彼方にしずむと、ドラム缶のまえに木箱を置いた洗場ができ、周りがテントで囲われた上に兵長が立哨するという大騒ぎになった。

「衛生兵殿〝風呂は結構です〟と軍医殿に言って下さい」と頼んだが断られた。

兵長に立哨してもらって入るドラム缶の風呂に、申し訳なさに身を固くしながら身体を沈めた。大陸の月の雫を浴びながら入ったドラム缶の風呂は、どんな王朝の立派な浴槽も及ばない最高のものだった。

コッコッと小さく扉を叩く音とともに、

「オイ、開けてくれ」と抑えたような声がした。

「俺だ、衛生伍長の尾川だ」

熊野はいそいで白衣の衿を合わせながら、寝台からおりたが入口の戸は開けず、窓の鍵をはずして細めにあけ外の気配をうかがった。時計は午前二時を少しまわっていた。

「こんな夜中になんですか?」

伍長の傍に夜目にもそれとわかる、色白のきれいな女のひとが立っていた。

「急病人だ、心配はいらん早く扉を開けてくれ」

仕方なく扉をあけると女は黙礼して入ってきたが、そのまま寝台の足元にうずくまった。

「あんたには狭くてすまんが、朝まで少しがまんしてやってくれ」

こんな真夜中にガタガタしてもしかたがないから、熊野は黙ったまま寝台を半分あけて横になり、女の人にも無言で傍らに寝るよう指さした。その人は黙ったままで背中合わせのような恰好で横になったが、熊野はその人が自分と体臭が違う様に思えた。横向きのその人は少し熱っぽく肩で息をしているようであった。

眠れないままに夏の短夜《みじかよ》があけるころ、厠に行ってそっと顔を洗って戻ると、その人は藁布団の上に起きあがっていた。

「寝やはりました」

「ええ少しねむりました」ときれいな標準語だ。

「你《ニー》日本語が上手ね」

「日本人ですから」とよどみなくこたえる。

名前は星野一二三と自己紹介した。関西なまりの熊野にたいして、綺麗な言葉だった。彼女を外から見る限りでは、服装も普通だしとりたてておかしくはない。一般邦人だろうかと、自問自答した。

彼女はそれからまた横になって寝たが、その後姿は質問を一切拒否するような感じで、いままでどこに居たのかと聞くことができなかった。

夜があけてからも熱があった。尾川伍長が来て注射などしていたが、お互いにあまり口をきいていない。熊野は黙って扉の外にでて伍長を待って、出てきた伍長を追い掛ける様にして声をかけた。

「下士官室でもあけてもらわんならんわ、うちかて病人やし熱のある人とはあかんわ」

「第一あの人なんやの？」尾川伍長は首を横にふった。

「わからんなんて困るわ、うちはとても気づつないんや」

「ここは野戦病院だ、ぜいたく云ってもしかたないよ」

その一言で熊野は黙ってしまった。赤十字法があるのだからたとえ日本人でなくても……。

その夜午前一時すぎ、熊野は闇を這うようなひそかな遠い音をきいた。それは口で表現出来ない音であった。「你《ニー》」と低く彼女に声をかけると、腕にしがみつく様にした。

「敵襲らしいから寝台の下に入って……」

言いつつ制服に手をのばし、熊野は白衣をすばやくぬぎすてた。

「敵襲」兵の声とともにカチャカチャという銃の音、軍靴の音が入り交じってはげしく往きかった。

熊野は再び彼女に寝台の下に入れと命じながら、手榴弾をとりに走った。訓練の時のように芯管がぬけるか、発火がどうかなどと、考える余裕は全くなかった。

突然曹長が大手をひろげて行く手をさえぎった。

「オイ、女子は外に出ちゃいかんぞ。持場にかえれ」

「……」

「敵襲は病院ではないようだ……この近くの将校宿舎らしい」

隊長の顔が目に浮かんできえた。三十分程で静かになり病室に戻った熊野は目を疑った。居ないのだ。あの標準語のきれいな色白の一二三さんが消えていた。「你你《ニーニー》」と呼んだが答えがなく、熊野の脱いだ白衣だけが枕元に、きちんと畳んで置かれていた。

一二三さん、貴女は何処から来て、何処へ行ったの？　それとも貴女のことは短夜の幻だったの。

敵襲の一夜があけるとまた乾いた土も土壁の建物も、白一色に見える程の暑い日であった。寝不足の重い頭を拳でコツコツと叩きながら、厠に行くため部屋を出ようとして、出合い頭に下士官にぶつかりそうになり、「あっ班長殿」と思わず声をかけた。ちらっと不思議そうに熊野を見た下士官は、「あっそうか、昨夜の人か？」とにっこりしたその顔に、白い歯がきれいに見えてなぜか心をジーンとさせた。

「見かけた事のない曹長殿だから昨夜はびっくりしました」「来たばかりだからな」「転任ですか？」にこたえず、「しかし自分もびっくりしたぞ。変な恰好の小さい兵が走ってくるなと思い、よくみると女性だろう、非戦闘員が手榴弾を取りに走るとは……」

「でも曹長殿、戦ですから」

「うんそれはわかる、でもたまげた」たまげたなんて言葉ははじめて聞くような気がして熊野は久し振りに声を出して笑った。

「そんなにおかしいかい？　自分は子供の時から使っているから、普通だと思っているが」

「だが考えて見ると貴女もおかしなことを云っていたぞ、真夜中の襲撃は殺生やとか、しんどいなとかいって自分の顔を睨んでいたが、意外とおとなしく引き上げたが……」

「班長殿のあの大声は、お腹の底までひびいて無理には通れません」

「この大声は地声だが仕方がないよ、山奥で五年近く走り回ったんだから」「五年も……」「ここに来てやれやれ小休止だと思ったとたんにドンドンパチパチじゃかなわんよ、だが夜間襲撃を殺生やなんて云うのはおかしいぞ、夜討ち朝駆けは戦の習いだ」「そうですねぇ」「でも久し振りに内地の女の人の顔がみられてホッとした」「そうですか……おおきに」と熊野は真面目に云った。しばらく黙っていた曹長は、

「女の人が手榴弾をもって、走らねばならないような世の中じゃあいかんのだ、女の人は可愛い方がいい。しかし今の世は巴御前を要求するのだろうな」

熊野は返事に困って遠いところに目をうつしながら、

「巴御前がいいとか、静御前がいいとかはその時代の価値観の問題ですねぇ」

「あぁこんなことを貴女に云ってもしょうがないなぁ、自分の好みで巴だ、静だと言ってもどうにもならない時代なんだ、今は」

「そうですよ、私としても好きこのんで巴になって、鎧を着たいわけでなし……そやかて男の人にだけ縋れる世の中とちがいますやろ」

「そうだなぁ、自分の言い方がわるかったな、気にしないでくれ。しかし正直いって女の人はいいなぁ、女の人を見ていると心がなごんで、戦争するのが嫌になるよ」

女性は可愛いというその人の顔は無邪気で、いやらしさなどは微塵も感じられなかった。

ふっと気がついてみると今まで、兵隊や男子軍属と雑談などすることがなかったのに、こんな処で立話をしている自分に、すくなからぬ戸惑いを感じていた。この数年聞くことのなかった言葉、忘れていた言葉を耳にして、熱いものが胸をよぎった「貴女」「女性」「女の人」とこの下士官は言う。この言葉を何年ぶりで聞いたであろう……。いつも呼ばれる時は「お前」「お前等」時には「貴様達」と言われそれにならされて、必然的に女のやさしさや感情は、ながされて忘れていたのに。

あくる朝十時を少し回った頃、西田衛生伍長が公用腕章をまいてやって来た。

「一昨日の襲撃はびっくりしましたやろ」

「ほんまになぁ少しこたえましたわ、病院が襲撃されるなんて可笑しいと思いましたけど『病院船だって攻撃される』それが戦争なんだと、手榴弾をとりに走りましたわ」

「ハッハ！　あんさんらしいでんなぁ」相変わらず二人は関西弁でしゃべった。

「ところで病気の方はどうです」

「大分いいと思いますけどこの暑さだから……隊長殿怒ってますか？」

「いや怒ってるわけやないけど、いつまでぐずぐずしても切りがないから、今日、明日中に退院手続をして帰るようにと……病院長殿にもその連絡が行くと思います」

「うち一人のために伍長殿に面倒をかけてすんませんなぁ」

「自分は公用外出は好きですよって毎日でもよろしいわ」と首をすくめてわらった。その日十四時頃、軍医大尉の診察があり、明日の退院を指示された。

診察室を出ると回廊を件の曹長が、胸まで巻いたサラシをのぞかせて、開襟シャツに手を通しながら歩いて来た。

「曹長殿、巴になるか静になるかわかりませんが、明日退院します。全快ではないのですが、何故か隊長殿が急かせるものですから」

「そうか、隊長殿が言われるのなら一先ず帰った方がいいですよ、自分のように置いてきぼりになると大変だ」

「どうしてはぐれたんですか?」

「補充兵の受領に行ってる間に部隊が動き、追えなくなったんだ。自分は小休止の心算だが、自分のような青二才を上官にする部下は困っているだろう。頼りがいがないから」

「曹長殿が頼りがいのない上官だなんて、絶対に思えません」熊野は力をこめて言った。

「ありがとう。だが自分達も居候は終わるぞ。ソ連が参戦した、一両日中に移動するぞ」

熊野は無言でうなずいた。別れもまた戦場の習いなのだと。

「せっかく君のような純な人に会えたが、会うは別れの始めというから仕方がないなぁ、そうだ、男同士なら〝別れに一献〟といくところだが、貴女と酒を飲む訳にはいかんから携帯食の小豆で、しる粉を作ってやろう。砂糖は炊事でなんとかしてもらうから」

「おおきに……でも曹長殿あまり無理せんといて下さい」

お互いに黙礼して別れ、その足でお世話になった軍医殿、衛生兵、サソリ事件の軍曹、水や食事を運んでくれた兵隊にお礼に回った。

野戦病院最後の夜、熊野は鉄製の固い寝台の上で、切ない思いを小声で歌った。

〝恋は一日で火花を散らしやがて真っ赤にもえるもの〟

涙が静かに頬をぬらした。

どうしたのだろうか？　今朝のこの病院は一種異様な空気につつまれていた。相変わらず見上げる空はまぶしすぎる程なのに、病院全体の空気がひっそりとしているばかりか、重く形容のじがたい雰囲気であった。だが熊野にとっては全体の雰囲気がどうの、自分の調子が良くないなどと云ってはいられない。もう一度あの曹長殿に会えるといいなぁと密かに願いながらも、部隊から迎えの洋車が何時きてもいいように支度して待っていた。

いろいろなことがあったけれど、あの将校、この下士官、そしてとるに足らない若い自分のために、食事をはこび水を汲んでくれた兵。弟のような可愛い人もいたし、おっちゃんのような兵隊もいたけれど、みんなみんなありがとう。回りの善意に支えられて過ごしたこの一ヶ月余を、決して忘れないと繰返していた。尾川伍長が緊張した顔でやって来た。

「正午に重大放送があるから歩ける患者は全員医務室までくるように」

「重大放送ってなんでしょう」

「いゃ自分にもよく分かりませんが……」と言いつつパッと直立不動の姿勢をとった。反射的に熊野も電気仕掛けの人形のように、同じ姿勢になった。

「畏れおおくも陛下の玉音放送と云うことです」

この時になってはじめて、情報隊の隊長吉田少佐が、退院を急かせた理由がわかったような気がした。だがそれは熊野自身も恐ろしくて、口にすることができなかった。放送予定の十五分まえに集合の号令があり、患者は白衣で集まったが、すでに服装を整えていた熊野をもの珍しそうに皆は見た。それらの目を意識して終始うつむきながら、あの曹長の声がどこかでしないかと、ぴーんと神経は張りつめていた。だが何処からもその声は聞こえてはこなかった。

いよいよ玉音放送が開始され、全員不動の姿勢で頭を垂れたが、どんなに聞き取ろうとしても雑音がひどく、なにをいわれているのか全くわからない。ただ「忍びがたきを忍び」のお言葉だけが、耳の底にのこった。放送が終わってもみなは要領を得ぬままに、それぞれの持ち場にかえった。熊野は退院の申告は済ませたものの、迎えも来ないし仕方なく元の部屋にもどり腰をかけた。戦争は負けたということだけはわかったが、それまで聞いたことのない無条件降伏とは知るよしもない。

何も考えられず放心状態でいるところに、いつもの一等兵が食事を運んでくれた。

「もう私の員数はないんでしょう」

「女子軍属の一人や二人の食事の数ぐらいどうにでもなります。とにかく食える時に飯を食っておかないと、どうなるかわかりませんよ」と言葉は荒いが気を使ってくれた。

外で大声で言い争っているのが聞こえるので耳をすますと、

「あんな放送はデマだ、敵の謀略だ。お前らはそんなデマに迷わされるな」

「この大陸のどこで、日本軍が負けているというのか？　えっ、おい云ってみろ」

下士官らしい声だ。思考力を失った熊野はただ迎えの洋車だけまっていた。

しばらくしてこの地方では、降った事がないという程の大雨が降ってきた。

「みろ！　この大雨は戦死した奴らの恨みの雨だ。畜生、負けてたまるか、俺は絶対に負けんぞ」彼の号泣する声がつづいていた。

その声を聞きながら、（そうよそうよ、負けたやなんておかしいわ、みんなあんなによく戦うたやないの）頭は思考力をうしないながらも、心で必死に否定していたが、現実にはソ連参戦以来、山海関（国境の町）を越えて邦人が南下していることも知っていた。

この野戦病院も午前中とは、打って変わった慌ただしさがあるのは無理も無いが、それにしても迎えの洋車がおそすぎる。だが隊長殿が自分を忘れて行くことはないと、かたく信じていた。信じることに因って、自分自身を位置づけていたのであろうが、すでに命令系統が失われていることに気づいていなかった。

燃える様な真っ赤な太陽が、地平線の彼方に沈む頃、突然に申告する大声が聞こえた。熊野は嬉しさに飛び上がって窓際にかけよった。折しも曹長は少数の兵とともに、病院長である軍医大尉の前に整列していた。

「大尉殿に対して敬礼、頭ぁ中」と号令。顔の正面に直立して捧げた大振りの軍刀に、夕陽が映えて赤く光り、完全なる重装備であった。

「曹長殿！」と叫んで病室から転がりでた。戦闘帽に下げた日除布の下から横顔を見せて、

「あぁ、しる粉か？　しる粉は炊事にあずけてあるぞ」

「ちがう、ちがう、曹長殿！　しる粉じゃあない、しる粉じゃあない！　戦争は終わったんでしょう、曹長殿！」

石畳の上にがっくりと膝をついて、回廊の柱で身を支え必死に目ですがったが、戦闘帽の庇に軽く右手を上げたその人は、まるでそれが別れの合図のように、二度とは振り向かなかった。その後姿には幾多の戦場を駆け抜けてきた男のきびしさがあった。

戦争がやっと終わったのに（曹長殿はこれからどこに行くの）と心の中で叫びながら、その身を揉むようにして泣きつづける熊野を、夕陽が慈しむように赫く包んでいった。

本隊に合流すべく征ったその人の部隊は、五、六日後に満州で全滅したとも聞き、また途中で満系部隊の反乱により自決したともつたえられ、消えた幻の部隊といわれている。

逢い見てより四、五日、お互いに名もしらず「曹長殿」「貴女」と呼び合っただけの、それはまるでうたかたのようなはかない出会いであったが、心にふかく刻み込まれたその面影は、今も熱く熊野の胸に去来する。ああ、それは八月十五日。

束の間の青春

戦争の話は空しいのです。だが風化させてはならないのです。

私が十八歳当時、すでに国家総動員法とか国民徴用令等が発動されていて、世は軍事一色に塗られていました。私も時の要請に応じて、旧中部軍第三五航空情報隊（通称楠第七四三七部隊）女子軍属第一期生として入隊しました。

訓練と勤務は文字通り、月月火水木金金と、昼夜の別なく苦しいものでしたが、「我々若人《わこうど》が国を守らねばだれが守るのか」と、若い心はただ一途でした。それは教育の是非ではなく、祖国を持つ者の「心」であったかも知れません。

軍当局から家族に対して「お預りした娘さんは、国の干城《かん》であってみなさんの娘さんではない。仕事の内容等は尋ねてはならない」と厳しく言い渡されました。

ある日久しぶりに外泊を許可されて家に帰り、風呂に入るために何気なく認識票（私たちの間では靖国の通行手形と呼んでいた）を首からはずすと、母はすばやく見つけて、無言の内に目で問いかけて来ました。とっさに「首かざり」と突っぱねるように言う私の横顔を、じいっと見た母の哀しい目の色を、四十余年過ぎた今も忘れることはできないのです。

だが抑圧された軍隊生活の中で一日、一日と自分自身の人間性が失われていくのが恐ろしく、入隊時に話のあった「二年満期」の時期に除隊を申し出ましたが、「お前のように熟練した者を、軍は手放すわけにいかんぞ」と一喝されて引き下がらざるをえませんでした。

この状態では軍隊を無理に辞めても、ほかに行くところがないことを肌で感じていた私は、密かに華北電電と満州鉄道を受験しました。「軍隊を円満に辞められるのなら」と満鉄は内諾してくれました。

「早くしなければならない」と、何かが私の心を急《せ》き立てるのです。私は結婚を理由にして除隊しました。仲人の証明は後日送ると約束しての上ではありましたが……。

突然に結婚を理由に帰宅した一人娘を、母は不安と期待の入り交じった目で見ましたが、そのうれしさを隠そうとはしませんでした。瞬く間に数日が過ぎましたが、そこには何ものにも拘束されない心の安らぎと、女としてのほのかな夢と……それは私にとってまさに、束の間の青春でした。

一週間目の昼過ぎ、当時としては高額の二百五十円という小替為が旅費として送られてきました。私は小躍りしながら郵便局に走り、窓口の局員も「ぎょうさんなお金ですなあ」と驚いていました。そのぎょうさんなお金を持って家の入口まで来ると、母が青ざめた顔で一通の電報を手渡しました。それが司令部からの呼出し状であることをとっさに私は理解したのです。

わずか三十分前に小躍りしながら受け取ったお金を、そのまま足も重く満鉄宛に送り返しに行きました。だが配属が北支派遣軍と分かった時、なぜかそれまでの悩みは消えて、日本のこの現状では

「自分としては、やれるだけのことはやらねばならないのだ」と心が決まりました。

「女の子が兵隊に行くのか」と母は一声言い、後は言葉になりません。私はその夜黙って髪を少し切り、爪と一緒に半紙に包んでタンスの底に入れました。後日それを見つけた母は、声をあげて泣いたそうです。

浮遊機雷の玄界灘を渡り、北支那に向かって、一路北上する長い一人旅でした。朝鮮と旧満州の国境の大河（鴨緑江）を列車で通過する時の、あの淋しさと、せつなさをどのようにしても言い表すことはできません。

敗戦までの四年間、私は多くの戦友《とも》を失いました。だがその人びとの死に場所を知りません。男も女も自分自身の生き方を、自分で選ぶことのできなかった戦争という時代を、その悲劇を、再び繰り返すことのないように願わずにはいられません。


この私の一文は平成三年八月十五日付にて、練馬区が刊行しました『平和への架け橋』と題する本の下巻に収録されたものですが、私も平和への熱い思いをこめて再録しました。

新炎叢書第三十二編

歌集

命存えて

目次

歌集

命存えて

燃えた落日

昭和十八年〜二十年

敵機襲来

「敵機です班長殿」と戦友叫ぶ　本土に初の敵機襲来

一斉に次々受ける情報は「敵は一機」と伝えきたりて

雲の上爆音のこしその機影西ぞらに消ゆ一瞬の間に

班長の叱咤する声ひびきたり伝令の言葉たがえし吾に

三八銃構え腹這う乙女等の標的みる眼は兵の目なりき

玄界灘を越えて

一通の電報を手に司令部の前に立ちたり二十歳の春に

国内《くにぬち》に軍靴の響き高なりて殉ずることを胸に秘めつつ

島影をつたいつつ玄界灘をゆく船に救命胴衣抱きて座せり

戻り来て再び渡ることありやこの鴨緑江のゆたけき流れ

銃剣の音あらぶれて淋しかり山海関を過る我が身は

（昭和十九年）

終戦の勅下る

悲しみは極まりてあり終戦の勅くだりたり白き太陽

幾とせを数多の戦友《とも》が死にたるはなんの為ぞと兵号泣す

新型の爆弾だよと隊長は故郷の母を恋いて目を閉ず

アカシヤの並木に集う洋車を呼べど昨日の笑顔はあらず

「母さん」と空に向かって呼びかけたあの日の夕焼け吾は忘れじ

燃えた落日

戦は終わりしものをと吾が叫ぶ声に黙して兵いきませり

吾が想う人も征きたり勅ききし日の残照に背を向けるがに

右の手を挙げて別れの合図せる兵かえらざり八月十五日

戦の終わりし後に征きし人遂に還らずソ連参戦

敵襲とおらぶ兵士の声けわし野戦病院よるの静寂に

復員

帰還せば「秘密結社」の結成と呼びかけありき無蓋貨車の中

引揚げの貨車は地雷におびえつつ高粱畑の中に動かず

高粱の葉かげに降りて用たせば耳朶にひびきぬ貨車うごく音

復員のリバティ船に横たわる吾にウォーター持ちくれし米兵

米兵の持ちくる水を日本兵は「飲むな」と冷たく首を振りたり

母声も無く

小児のごとき軽き身体をひきずれる我が復員は極月二十九日
「帰ったか」よう帰ったと祖母《おおはは》は幼子のごと髪撫ぜくるる
復員の吾に薄らな背をみせて母声も無くただ泣き給う
老い母の細きうなじが目に沁みて声も小さく母さんと呼べり
悄然と帰りきたれど引揚げの苦しき事は母に語らず

（昭和二十年十二月）

天津捕虜収容所

天津の捕虜収容所のゆきずりにふと出会いたる二郎従兄上（二郎従兄上）
偶然の再会なりきおもわずも声あげ呼びぬ「二郎従兄さん」
後髪ひかるる如きかなしみは病みいる戦友《とも》との駅頭の別れ
幼き日「嫁さんになる」と駄々こねし潔従兄さんネグロス島に死す（潔従兄上）
その母は半纏に顔を埋めつつ「嫁をほしかった」と小さく言いぬ（十九年戦死）

追憶の人々

昭和二十一年〜四十三年

とも伯母逝く

吾が母の姉上なりしとも伯母は疎開先にてみまかりしとう（中谷とも伯母）

二郎従兄の母上にしていとやさし笑顔絶やさぬ伯母上なりき

祖父もみまかる

いついつも重き荷物は祖父《おおちち》の役目のごとく持ちくれたりき

天津の再会従兄より知らされて小さく微笑み給いしという（母の父　尾崎文太郎）

小さき手に

力づよき汝の産声を聞きしとき吾は歓喜の涙ながしぬ（博明）

われ病めば小さなる手に力こめ「いいこいいこ」と撫ぜくれし吾子

一夜さの病に逝きし博明よ母わが嘆き知るや知らずや

まさしくも吾子と思いてかけよればわびしさ極むみじか夜の夢

送り火のけむり薄くも逝きし息子《こ》に吾のなげきはいやふかみゆく

（昭和二十六年）

祖母天寿全うす

ただ一つの「華ぞ」とわれを愛でくれし祖母九十一歳の天寿全うす
登校の朝々われの幼髪梳きくれし祖母おん目を閉ざす

（昭和三十八年）

父逝く

「紀の国屋」その遊びなど小さいと若き日の父豪語せりとう
余りある財失いて祖母や母嘆かせし父穏しく眠る

（昭和四十一年）

母突然に

千年も生きてほしいと思いたる母突然にみまかり給う

病《いた》きし母が食せし一口の餅は細れる喉を塞ぎぬ

塞がれし小さき喉を切り開き御母《はは》とどめたやこの現世に

子を育て夫と姑に仕えきて旅することも知らざりし母

生涯のうれしき事と問うわれに「汝の復員」と言い給いし母

（昭和四十三年）

心のままに

昭和四十四年〜五十年

愛しみつつも

久々に会いたる友の手の荒れを愛しみつつも言葉にはせず
荒れし手を乳房の上に組合せ友は離婚をさりげなく告ぐ

七夕

待つ人も待たるる人もあらねども今宵七夕ロマンの欲しき
織姫に願いかければさやさやと風ふきぬけり短冊の上

お百度参り

うつし世に人々なにを願うらん石切神社のお百度参りは
人知れず病をかこつわれもまた人にまぎれてお百度を踏む

むらさきの花

入院の娘に友どちがもちくれしリンドウ清く風にさゆれり
退院の吾娘の心にやさしかり池の面に咲くむらさきの花

婚約

昭和五十一年〜五十五年

吾娘の結納

結納の日のため吾娘が購いし髪のかざりの紅は映ゆ

黒髪のゆたけきにさす髪飾り夫なる人は愛《いと》しみて見る

実感は未だわかずと吾娘和代婚約指輪ながめはにかむ

掌中の宝と思いし和代なれどいま手渡さむ夫なる人に

きらきらと吾娘は瞳をかがやかせ夫なる人に添いて歩みき

（昭和五十二年五月）

夫逝く

六尺の偉丈夫たりし現身に目にみえざりし病ひそみて

世の中に医者と坊さんいらぬなど言いたる夫は癌に倒れる

その辞書に「癌」の一文字ありたるは信じがたかり今にしてなお

吹き上げる淋しさありて贈る人なきチョコレート買いてかえりぬ

独り寝の夜半のめざめの耐えがたく声上げ歌う青春の歌

（昭和五十二年十月）

嫁ぎたる娘の

嫁ぎたる娘の部屋ぬちは静もりて思い出のみが温く残りぬ
窓そとで和代とそっと呼んでみる呼べば照明のつく心地して

職　場

決算の仕事に追われ今年また桜花の便りも知らで移ろう
若きらの多き職場のわれなれば医師のくすりも密やかにのむ

書道師範試験

右肩のいたみに耐えて書き上げし書の合格の通知とどきぬ
ぽろぽろと泣きつつ書きし作なれば合格通知にまたも泣きたり
（昭和五十三年）

古流　松濤派

華の命みつめつづけて十余年免許皆伝受ける眩しさ
その教え厳しかれども心根は優しかりけり久子先生
（昭和五十五年）

鼓動

昭和五十六年〜六十四年

病室の朝

かたわらに気遣いくるる人の欲し病みて臥せいるながき一夜は
病室の朝な朝なにわが手首ふれて生命の鼓動たしかむ

淳ちゃん上京

嬉しきは娘の入学という父母の瞳の奥に淋しさをみる
朝毎に遅刻遅刻と十八の姪は明るく学舎へいそぐ

突発性難聴

わが耳の内なる音を気にしつつ忙しきまま日はすぎゆきぬ

今朝のわが職場は音のなき世界声なき映像見るが如くに

「どうしたの」この静けさを問うわれに友おどろきて顔を上げたり

突然に友の声無きしぐさにて耳の異常を知りたるは朝

近代の医学に耳は甦るその聴力は四十なれど

（昭和五十九年）

故郷の山川

ほら貝の響き愛しも老い僧は六十余年を時刻《とき》つげて吹く

四つ告げて僧ふきならすほら貝の響きこだます故郷のやま

嶺々に貝の響きのこだまして紫の雲ゆるくながるる

新盆の精霊船を送り出す熊野の川面に月かげゆるる

提灯のあかり川面にゆれゆれて精霊船は岸はなれゆく

定年退職の朝

常のごと定期ハンカチお弁当と揃えて出でり定年の朝

朝毎に靴をみがける習慣も今日を限りの朝となれり

制服に替えて机に真向かえば変わることなく書類に埋もる

その職を「解く」と書かれし一枚の紙は重かり定年の朝

わが生活ささえくれたる事務机ふけば名残の涙あふるる

（昭和五十九年）

女達の戦争展

戦後四十年読売新聞社の主催により
大丸デパートで戦争展開催さる

遠き日に「特殊部隊」と秘められし女子通信手の写真展はも
消火する女子隊員に艦載機低くとびきて機銃掃射せりと
女子宿舎山里丸の石垣に無数の弾痕ふかく残れり
靖国の通行手形とよびなれし認識票の鈍色かなし
大阪城情報隊の宿舎跡ひそと建ちたり「真心」の碑は

（昭和六十年）

ヨーロッパ紀行

雷鳴のとどろくローマの一夜さは蚊帳欲りてありわれは旅人
角笛に誘われる如アルプスの峰わたりくる牛の鈴の音

新しき家

三人《みたり》の子朝な夕なの世話しつつ仕事に追わる娘とその夫は
木の肌がやさしく香る娘の家は若き夫婦が汗して建てぬ

（昭和六十三年十一月）

遺　書（角川書店発行の本に知人の遺書を読む）

更けて読む「昭和の遺書」に内藤氏の紙縒《こより》に秘めし遺書を知りたり

一めくり一めくりごと胸せまり「昭和の遺書」をおろがみて読む

昭和天皇崩御

わが生き来し証くずるる思いかな御代の終わりを聞くあさまだき

青春は戦の中を駆けたれど穏しく生きたしあらたなる世は

（昭和六十四年一月）

平成の世

平成元年～五年

平成の世

久々に畳替えして新春《はる》までばうさぎ小屋にもひかり満ち来ぬ

新玉のささやかな幸ねがいつつ三千円の玉飾り買う

箱根路の稜線赫く平成の御世の初日はいま昇りくる

目も綾な十二単衣に身を包み雅子さま今「妃」とならせ給う

かい間みる世紀の式典パレードと夢心地する梅雨の晴れ間に

インド紀行

仏教の原点と聴くインドの地に釈迦の足跡求め飛び発つ

赫々と夕陽照らせる低き丘は釈迦がはじめて説法したる地

ガンジスに朝々つどい沐浴する幾千の人に目を奪われぬ

貧しさも極まりてありニューデリーに物乞う子らの細き腕よ

立ち寄りしマザーテレサの孤児院に全く小さきみどり子ねむる

中国紀行

四度行く中国なれどトランクを選べば心また弾みきぬ

外つ国の人ら往き交う成田なるエアーポートは世界の縮図

ふく風も遠き御祖の教えかと心して聴く莫高窟に

広州の列車に出会いし青年は中国新聞よめと貸しくるる

石林の大地に籾ほすうら若き農婦の額にしとどなる汗

み熊野の花火

み熊野に官女がかざす檜扇か光り夜空にはじけて散りぬ
花火師の命はここに極まりて熊野の夜空にひかり舞い舞う

母の日

カーネーション赤きリボンに結ばれて娘に贈らるる今日は母の日
古稀すぎし吾にしあればカーネーションあと幾度の思いよぎりぬ

インドネシア、バリ島巡り

仏像の好きな人ねと揶揄されつボロブドールの遺跡を巡る

ストウバという石組の窟ありて七二基の仏陀おわせり

ジャカルタのホテルに戻ればホテルより花束とどきぬ吾が誕生日

南国の色とりどりの果物を少女は頭に載せしまま売る

乙女らが汗して染めしローケツの布にＪＡＰＡＮと宛名書きあり

双柿舎

平成六年〜八年

友より給う（佐伯様によせて）

新玉の幸をねがいて今年また友より賜う紅きシクラメン

初日光まどに耀い一人なる屠蘇の祝いもこころ弾みく

エジプト紀行

アスワンのダムが築きしナセル湖は茫洋として大海の如し

乙女とは未だ言いがたき女の子らが鮮やかに織る絹の絨毯

不戦　大江氏のノーベル文学賞

世界に向け「不戦」訴える大江氏に受賞以上の感動を受く

中三の男孫はきっぱり吾に言う「九条」守るが国際貢献

戦友会

戦友会の事務手伝いて半世紀思い出の戦友みな若かりき

淋しさは朱き線にて消されゆく戦友名簿のなつかしき顔

合同歌集出版

それぞれの心ゆたかに詠みあげて歌集なりたり『こぶし』とぞいう
詠草の三十一文字は拙なけれど師の助言得て歌集となりぬ
（平成七年十二月）

丸き碁石

音たてて一手に打てばたちまちに丸き碁石は個性を持ちぬ
打つ人の個性あらわに盤上に碁石はげしく火花をちらす

結　願　（西国三十三ヶ所）

結願の谷汲山に靄流れ日輪ほのかに浮かぶさやけさ

華厳寺に歩み重ねて来し吾を労わりくるる若き僧はも

真向かいて掌を合わせれば観音の面輪にあわあわ亡母の面影

二十二年かけて巡れる西国の観音まいりも満願となる

結願の寺振り返り振り返りひたに歩みし歳月おもう

（平成七年十月）

双柿舎

積年の夢の山荘建ちはじむ腕よき棟梁に恵まれていま

夢にまで見し山荘は父母の生れし紀の國水清き処

わが庵ちいさけれども軒の端に豊に流るる熊野川見ゆ

二本《ふたもと》の柿の木ありてわが庵「双柿舎」と呼ぶ習いとなれり

朝夕の日に照り映えて柿の実は生命の温くみつたえてくるる

あとがき

　敗戦後五十年、私の心の中に常に蟠っているものがありました。激動の時代、時の要請により軍隊という大きな組織の中に、一女子軍属として身を投じた私が親兄弟のことも考えず、ひたすら上御一人の思し召しの儘に働くのみでした。

　敗戦により永らえた命を、いまありがたく大切に生きていますが、女の目から見た戦争の悲惨さを、語部のつもりで書き残そうと思い立ちました。だがこれはあくまで私の随筆ですから、文中の個人名は全て仮名です。

　私が初めて入隊したのは、中部第三十五航空情報隊（通称楠第七四三七部隊）でした。

　第一期生として一班から四班迄百六十名程でした。当時の北支那に移ってからはどうしても人数の把握が出来ませんが、部隊呼称としては北支派遣甲第一四二〇部隊（通称北支那特別警備隊）でした。

　戦争というものは一旦起きてしまうと、個人の力ではどうしても止められないものなのです。戦争の気配はあらゆる手段を講じて、芽のうちに摘み取らねばならないと思います。戦争は銃を撃ち合う男達だけのものではなく、女、子供、老人も全てを含める阿修羅であり、勝った側も負けた側も、共に悲劇以外のなにものでもないということを声を大にして叫びたいのです。

ちなみに私が入隊した（通称）楠七四三七部隊の部隊長廻間大佐は昭和十九年八月頃、四国方面で作戦中、米軍航空機の銃撃を受けて戦死。二代目隊長小坂少佐は、広島にて軍の首脳会議の開かれる直前、すなわち八月六日広島で被爆、兵の担架で大阪の部隊に戻り、間もなく亡くなりました。ただ「熱い熱い、身体が燃える」とのみ言ったという。

北支軍に転属して直属の上官であった隊長吉井少佐は、あり合わせのハンカチに「健康第一」と別れの言葉を書き、無蓋貨車に乗り込む私を見送ってくれましたが、その後の行方は杳として知れません。多分、自決したのであろうと思われます。数年ほど前に、あるテレビ局で、『もう一度あの人に会いたい』という番組があり、早速申し込みましたが数日後、「ご期待に副《そ》えませんでした。悪しからず御了承下さい」との手紙がとどき私の望みはたたれました。

北支軍司令官であった、加藤泊次郎中将は八月八日のソ連参戦により八月十日、飛行機にて満州に向かう途中、山海関付近で中共軍の機銃掃射のため、エンジン故障、引き返して再び列車で奉天に到着したものの、時すでに武装解除され、ソ連の支配下となっていました。中将はソ連沿海州のウォローシーロフ市の野戦監獄に送られ、苦しい捕虜生活が続いたあと、獄死したと聞きます。高級将校なるがゆえに、その取り調べも扱いも、とりわけ厳しかったようです。

以上のことは、長い間疑問とされていましたが、前野茂氏により詳細が伝えられました。氏は大正十三年東大法科卒、判事として活躍。後に満州国司法部次長となり、終戦を迎えました。前野氏は加藤中将と同じ監獄に収容されていましたが、二十五年の禁固刑の後、昭和三十一年帰国されて、加藤中将の生死が判明しました。

再び女子軍属の話に戻りますが、大阪城山里丸跡にあった女子宿舎が空襲で焼失してからは、近鉄沿線の小学校に分宿し、非番で宿舎にいる時に、警報が鳴れば一斉に軍服に着替えて、動かない電車を横目に見ながら、集団で駆けるので、敵の艦載機の目標にされて、操縦士の顔が見えるほどの低空飛行で機関銃をあびせかけたといいます。

このようなかたちで戦死しても、すでに内地も戦場でしたから、それを把握することは難しく、私とても気になる戦友の生死をいまだに確かめることができないでいます。

だが同僚は今も時に言う。「馬場《ばんば》町の大阪放送局から〝我が方の損害軽微なり〟なんて大嘘の放送をしてなぁー、嘘の放送する自分らも、つらかったけど、どんな嘘をつこうとも、大衆はみんなよう知っていたわ」と。

この本の上梓にあたり表紙の八達嶺及び本文のイラストを多数お描き下さいました、蕨市在住の二科会審査員橋本太久磨先生に厚く御礼申し上げます。氏は画学生時代より中国を愛し訪中十五回、現在日中友好埼玉県民会議副会長。

題字は和歌山県新宮市在住の書家、違道半墨（要）氏にご染筆をいただきました。私の心をよくご理解、ご染筆下さいましたことを深く感謝し御礼申し上げます。

また中部軍、北支軍当時より戦後にかけ、私のめぐりにあって種々支えて下さいました戦友会（唐山会・紅城会）の方々に御礼申し上げると共に亡くなられた戦友のご冥福をお祈り致します。

また、短歌をはじめて日の浅い私が、新炎短歌会主宰の相野谷森次先生に、この本の出版を機に拙い短歌ながら一緒に載せたいと申し上げましたところ、快くお許し下さり、日本歌人クラブ名誉会長という重責にあられ、公私共にお忙しい中を、印刷所のこと、校正の手配やら細かいご配慮を頂きました事感謝申し上げると共に厚く御礼申し上げます。尚相野谷先生のご依頼にてわずらわしい編集、校正等気持よくお引受け下さいました新炎会員の小山とき子様にも心より御礼申し上げます。

最後に亡き母に感謝の言葉をおくります。

軍隊に入ってからの私は家に帰ることもまれでしたし、帰っても仕事の話などすることはありませんでした。その娘をただひたすら待ち続けてくれた母の気持が、母の年齢になったいま泣きたい程わかります。ありがとう、ありがとう、限りなくありがとう。

平成八年九月十六日

(平成十四年九月補記)

朝賀　たか

著者略歴
朝賀　たか

父達道熊一・母ていの長女として
三重県南牟婁郡紀和町に生まれる
東京都練馬区在住

新炎短歌会会員
日本歌人クラブ会員

二つの落日

2002年９月16日　初版第１刷発行

著　者　朝賀　たか
発行者　瓜谷　綱延
発行所　株式会社　文芸社
〒160-0022　東京都新宿区新宿1-10-1
電話　03-5369-3060（編集）
03-5369-2299（販売）
振替　00190-8-728265
印刷所　株式会社エーヴィスシステムズ

ISBN4-8355-4301-7 C0095
日本音楽著作権協会（出）許諾第0208731-201号